통합논술
종합
비타민

KB212695

정란희 선생님과 함께하는

통합논술 종합비타민 초등 중학년 2단계

초판 1쇄 발행 2007년 11월 10일
초판 2쇄 발행 2010년 10월 20일

지은이 정란희
그린이 조명화
편　집 이향
디자인 투피피

펴낸이 양소연 **펴낸곳 함께읽는책**
등록번호 제25100-2001-000043호 **등록일자** 2001년 11월 14일

주소 서울시 구로구 구로3동 코오롱디지털타워빌란트 1차 703호
대표전화 02-2103-2480　**팩스** 02-2103-2488　**홈페이지** www.cobook.co.kr
ISBN 978-89-90369-54-3
　　　　978-89-90369-59-8(세트)

함께읽는책은 도서출판 **나눔의집** 의 임프린트입니다.

정란희 선생님과 함께하는

통합논술 종합 비타민

초등 중학년 **2** 단계

글 정란희 | 그림 조명화

함께읽는책

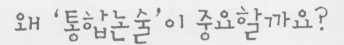

왜 '통합논술'이 중요할까요?

정란희

철수의 책상에는 오늘도 정보가 수북합니다. 어린이 신문, 어린이 잡지, 동화책, 위인전, 역사 이야기책에 컴퓨터까지, 정보와 지식이 넘쳐 납니다. 하지만 철수는 컴퓨터 게임이나 인터넷 서핑을 하거나, 여러 학원들을 다니느라 좀처럼 시간이 나지 않습니다. 지식과 정보를 읽고 정리할 짬이 없습니다. 아무리 좋은 정보가 있어도 받아들이고 흡수하지 않는 한, 책은 책일 뿐이고, 신문은 신문일 뿐입니다. 어느 것도 영양소가 되지 못합니다.

혹시 여러분도 철수처럼 좋은 지식과 정보, 책의 알찬 내용을 놓치는 경우는 없나요?

"내일 하지 뭐."

"다음 달에 하는 게 좋겠어."

"내년에 해야겠어. 올해는 정말이지 너무 바빠."

이렇게 하루하루 바쁘다는 핑계로 지식 쌓기를 미루지는 않나요?

여기저기서 읊어 주는 조각난 지식만을 겨우 듣고 챙기기에는 이 세상에는 너무나 재미있고, 신기하고, 감동적인 이야기들이 많습니다.

자고 일어나면 새로운 이야기, 기발한 책, 환상 이야기, 논리책 등이 뚝딱 만들어져 있곤 합니다. 책이 귀하던 옛날과는 달리 지금은 책이 넘쳐 나 '책의 홍수'라는 말까지 생길 정도입니다. 그럼 우리는 이 많고 많은 책 중에서 어떤 책부터 만나야 할까요? 그것은 바로 내 생각을 열고, 넓히고, 키울 수 있는 책입니다. 왜냐하면 21세기가 필요로 하는 사람은 열린 생각을 가진 사람이기 때문입니다. 다시 말해 우리 사회가 요구하는 사람은 창의적인 생각과 행동으로 발전을 불러올 수 있는 사람입니다.

그래서 어린이들이 쉽고 재미있게 논술과 친해질 수 있도록 『통합논술 종합비타민』을 쓰게 되었습니다. 발상의 전환, 동시논술, 스토리논술, 한문논술, 찬반양론, 생활법률, 경제논술, 수리·과학논술, 인물, 사회와 역사, 문화논술, 유네스코 세계문화유산까지 열두 장에 다양하고 재미있고 알찬 내용을 담았습니다. 논술은 무조건 거창하면서도 딱딱한 문제에 대한 논의라고 선입견을 갖는 어린이라면 '논술이 이렇게 재미있을 수도 있구나' 하며 놀라워 할지도 모릅니다.

이 책이 나오기까지 애써 주신 노경실 선생님과 함께읽는책 출판사와 특히 이향 편집자에게 감사드립니다. 그리고 머리를 맞대고 지식을 함께 나눈 김다미, 김수미, 이민정, 임유리 선생님과 행복한 웃음을 짓고 싶습니다.

차 례

1 발상의 전환

그림 이야기 코페르니쿠스의 지동설

1 어떤 그림이 맞을까요?

2 우리의 생각은 늘 과학적일까요?

3 이 그림과 관련된 과학자는 누구일까요?

4 이 과학자 말고도 여러분이 알고 있는 과학자는 누가 있나요?

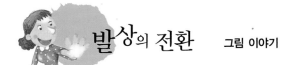

코페르니쿠스의 지동설

중세시대 프톨레마이오스라는 학자가 사람들을 모아 놓고 크게 소리쳤다.

"지구는 우주의 중심이요! 태양과 모든 별들이 지구 주위를 돌고 있단 말이요."

사람들은 모두 고개를 끄덕일 수밖에 없었다. 못 믿는 시늉이라도 하면 큰 벌을 받거나 화형에 처해질 수도 있기 때문이다. 성경에 하느님이 지구를 창조했다고 쓰여 있기 때문에 무조건 믿어야 했다. 기독교가 큰 영향을 미쳤던 중세시대에는 천동설을 틀렸다고 했다가는 하느님을 믿지 않는 사람이라 여겨 큰 변을 당했다.

하지만 16세기 폴란드 천문학자 코페르니쿠스는 이런 천동설이 미덥지 않았다. 코페르니쿠스는 연구를 거듭하여 마침내 결론을 내렸다.

'태양이 지구 주위를 도는 게 아니라 지구가 태양 주위를 도는 거야. 우주의 중심은 지구가 아니라 태양인 거지. 태양!'

하지만 드러내 놓고 말을 할 수가 없었다. 이런 지동설을 발표했다가는 교회에서 자신을 가만 두지 않을 게 뻔했기 때문이다. 코페르니쿠스는 10년 동안 이런 고민을 하다가 죽기 바로 전인 1543년 『천체의 회전』이라는 책에서 자신의 주장을 폈다.

이 책이 세상에 나오자 온 유럽이 발칵 뒤집혔다.

"아니, 그 늙은이가 노망이 들었군. 말도 안 되는 소리로 세상을 어지럽

히다니······."

성직자들은 이 책을 '악마의 책'이라고 부르며 불태웠다. 이탈리아의 부르노라는 사람은 이 책으로 설교를 하다가 화형을 당하기도 했다. 그리고 갈릴레오 갈릴레이 또한 지동설을 펴다가 재판을 받고 자신의 주장을 거두었지만 '그래도 지구는 돈다' 라는 유명한 말을 남겼다.

· **화형** : 불에 태워져 죽임을 당하는 형벌.

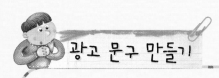

다음 중 하나를 골라 광고 문구를 만들어 보세요.

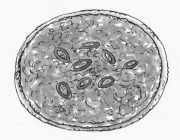 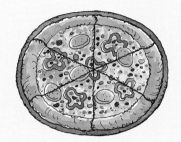

2 동시논술

우리 집 일기 예보

박혜선

㉠우르르 쾅쾅

엄마의 목소리가 천둥으로 내리치고

㉡번쩍번쩍

아빠의 눈빛이 번개처럼 빛납니다

우르르 쾅쾅

번쩍번쩍

순식간에 내 눈에는 굵은 빗줄기가 내립니다

내 방으로 들어가 문을 쾅 닫는 엄마

안방으로 휙 들어가 버리는 아빠

거실 한가운데서 이 방 저 방 쳐다보며

훌쩍거리는 나를

스멀스멀 안개가 덮어버립니다.

1 ㉠과 ㉡이 우리에게 주는 느낌을 잘못 말한 것은 무엇인가요?

① 경쾌하고 밝은 이미지야.

② 화목하지 못한 우리 집을 안 좋은 날씨와 연결했어.

③ 아이가 무척 외롭겠어.

④ 눈물을 흘리는 아이 모습이 보이는 듯해.

2 속이 상해 눈물을 흘려본 적이 있나요? 무슨 일 때문이었나요?

지민 – 부모님 몰래 오락실에 갔다가 들켜서 엄마한테 혼나고 눈물을
　　　흘린 적이 있어.

소영 – 기말고사를 망쳤다고 혼나서 운 적이 있어.

미미 – 엄마 아빠가 크게 다투실 때 울었어.

나 – (　　　　　　　　　　　　　　　　　)

3 동시 속 아이에게 격려의 말을 해 주세요.

우리 누나

고영서

학교 방송에 누나가 나왔다
또 상을 탄다
친구가 뒤에서
'어 너네 누나다' 한다

시침 뚝 떼고
모르는 척하는데
'선생님, 저기 정환이 누나예요' 한다
왠지 가슴이 두근거리고
왠지 어깨가 으쓱해지고

누나처럼 공부를 잘하고 싶은데
노는 게 더 신나고
누나처럼 칭찬 받고 싶은데
사람들이
네 누나 반만 따라가라 한다

그럴 때면
얄미워지는 누나

1 누나가 갑자기 얄미워진 이유는 무엇인가요?

    ① 남들한테 자꾸 누나와 비교 당해서

    ② 상을 받아서

    ③ 누나가 공부를 잘해서

    ④ 누나가 시비를 걸어서

2 여러분이 처음 받은 상은 무엇이었나요? 그 때의 기분을 글로 써 보세요.

3 '상 받은 날' 이라는 제목으로 시를 써 보세요.

나

나윤하

수박처럼
부풀어 오른 내 배
거울 앞에 서서 아무리 힘을 주어도
숨 한 번 쉬면
다시 되돌아온다

나는 공부를 못 해
달리기도 못 해
'바보'
'멍청이'
라는 말을 친구에게 듣는다
아무리 공부를 해도
성적은 그대로
배처럼 빵빵하게 부풀어 오르면 얼마나 좋을까?

얼굴에 점이
점박이 강아지처럼 있어서
친구들이 '달마시안' 이라는 별명도 붙였지만

㉠나는 내가 좋다
내 배보다 더 부풀어 오른 사랑이 있으니까
다리 아픈 엄마를 사랑하는 마음

1 이 시에서 주제가 들어 있는 연을 찾아 보세요.

　　① 1연　　　　　　　　　② 2연

　　③ 3연　　　　　　　　　④ 4연

2 글쓴이의 성격을 두 문장으로 요약해 보세요.

3 ㉠처럼 여러분도 자신이 좋다면 좋은 이유를 세 가지만 써 보세요.

까마귀 검다고

이 직

까마귀 검다고 백로야 웃지 마라

겉이 검은들 속까지 검을쏘냐

아마도 겉 희고 속 검은 건 너뿐인가 하노라

병와가곡집

☞ 현대 말로 한 번 더!

까마귀가 빛깔이 검다고 백로야 비웃지 말아라.

겉이 검다고 한들 속까지 검겠느냐?

아마도 겉이 희면서 마음속이 검은 것은 너뿐인가 하노라.

22

검으면 희다하고

김수장

검으면 희다하고 희면 검다하네
검거나 희거나 옳다 할 이 전혀 없다
차라리 귀 막고 눈 감아 듣도 보도 말리라

해동가요

☞ 현대 말로 한 번 더!

검으면 희다고 하고 희면 검다고 하네.

검다고 말하나 희다고 말하나 옳다고 할 사람이 하나도 없구나.

차라리 귀를 막고 눈도 감아서 듣지도 보지도 않으리라.

1 첫 번째 시조의 숨은 뜻을 바르게 말한 것은 무엇인가요?

　① 까마귀와 백로는 비슷한 성격을 갖고 있어.

　② 사람을 평가할 때 첫인상은 아주 중요하지.

　③ 사람이 상황에 따라 말을 자주 바꾸는 것도 괜찮아.

　④ 다른 사람을 겉모습만으로 섣불리 평가해서는 안 돼.

2 고시조에 가장 많이 나오며 흰색과 검은색을 대표하는 동물들은 무엇인가요?

3 '겉과 속이 다르다'는 말은 무슨 뜻인가요? 겉과 속이 다를 경우 나중에는 어떤 일들이 일어날까요?

24

까마귀와 백로를 주인공으로 하여 손바닥 동화를 써 보세요.

우리말 바루기

바른 말을 찾아 ○, ×를 하고, 밑줄에 알맞은 말을 넣어 문장을 완성해 보세요.

1 붉으락푸르락(　　　　)

　　불그락푸르락(　　　　)

　　철수는 화가 나서 얼굴이 ＿＿＿＿＿＿ 했다.

2 안절부절못하다(　　　　)

　　안절부절하다(　　　　)

　　순희가 다쳤다는 소식에 엄마는 ＿＿＿＿＿＿.

3 심부름꾼(　　　　)

　　심부름군(　　　　)

　　반장은 우리 반의 ＿＿＿＿＿ 이나 마찬가지야.

4 윗어른(　　　　)

　　웃어른(　　　　)

　　＿＿＿＿＿ 께 공손히 인사를 해야 합니다.

5 수탉(　　　　)

　　수닭(　　　　)

　　＿＿＿＿＿ 이 알을 낳을 수는 없는 노릇이지.

스토리논술 3

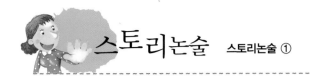

우리 이모는 4학년

정란희

　　나는 바지 주머니 속에 오른손을 넣었습니다. 동전의 오톨도톨한 무늬가 만져졌습니다. 나는 손가락을 움직여 또 다른 동전을 찾았습니다. 똑같은 크기의 동전 두 개가 손 안에 쏙 들어왔습니다. 이번에는 왼손을 또 다른 바지 주머니 속에 넣었습니다. 호박만한 풍선을 불 수 있는 풍선껌이 세 개나 들어 있습니다.

　　나는 풍선껌을 한 개 꺼내어 씹었습니다. 그리고 힘을 주어 '후우' 하고 풍선을 불었습니다. 내가 입김을 불수록 내 입술에 매달린 풍선은 점점 커졌습니다. ㉠귤만 했던 것을 사과만 하게도, 잘 하면 내 얼굴만 하게도 키울 수 있습니다.

　　나는 가끔 이런 생각을 합니다.

　　'내가 분 풍선을 타고 하늘을 날아 보았으면……. 새파란 바다를 발 아래 두고, 수박 색깔의 산한테 손짓하면서 바람 따라 가고 싶어.'

　　금방 비눗방울처럼 톡 터져 사라지는 꿈이지만, 나는 이런 상상이 즐겁습니다.

1 사람이 가진 감각의 종류와 역할이 잘못 연결된 것은 무엇인가요?

　① 시각 – 눈으로 사물의 모양이나 색깔을 보는 감각

　② 미각 – 혀로 맛을 보는 감각

　③ 후각 – 코로 냄새를 맡는 감각

　④ 촉각 – 귀로 소리를 듣는 감각

2 이 이야기의 주인공은 껌풍선을 타고 하늘을 날아 봤으면 하는 상상을 했어요. 여러분은 어떤 상상을 자주 하나요?

3 ㉠처럼 작고 약하고 좁은 것에서부터 크고 강하고 넓은 것으로 표현을 넓혀 가며 말하고 싶은 것을 강조하는 것을 점층법이라고 합니다. 점층법을 연습해 보세요.

　① 엄마를 그리워하는 마음이 처음에는 (　　　)만 했다가 (　　　)만 해지고 나중에는 (　　　)만큼 커졌다.

　② 이순신의 충성심은 (　　　)을 감동시키고, (　　　)을 감동시키고, 끝내 (　　　)를 감동시켰다.

　③ 효미와의 우정은 (　　　) 같고, (　　　) 같고, (　　　) 같다.

29

나는 신이 나서 걷다가 뚝 멈춰 섰습니다. 그러고는 ㉠'풍년 닭집'이란 양철 간판 아래 빠끔히 열린 유리문 안을 내다보았습니다. 어머니께서는 작두처럼 생긴 큰 칼로 생닭을 손질하고 계셨습니다. 어머니의 얼굴에서는 송골송골 열린 땀방울이 미끄럼을 탔습니다.

　어머니께서 처음 닭집을 차리셨을 때, 나는 냉장고에 누워 있는 닭들이 얼마나 무서웠는지 모릅니다. 머리가 잘린 채 누워 있는 발가벗은 닭을 보면 으스스 소름이 끼쳤습니다.

　하지만, 지금은 눈에 익어 아무렇지도 않습니다. 뱃속을 훤히 내보인 채 누워 있는 닭을 봐도, 불그스름한 닭살을 봐도 아무런 느낌이 없습니다. ㉡슈퍼마켓 아저씨께서 풍선껌을 만지시는 것과 어머니께서 닭을 만지시는 것이 똑같다는 생각이 들 정도입니다. 나는 주머니에서 손을 빼며 가게 안으로 들어갔습니다.

　"문한아, 어디 갔다 왔니?"

　어머니께서 일손을 멈추고는 차가운 목소리로 말씀하셨습니다.

　"저기……."

　나는 풍선 껌을 사러 슈퍼마켓에 다녀왔다는 말은 하지 못하고, 말끝을 흐리며 우물쭈물했습니다.

　어머니께서는 나를 보며 한숨을 푸욱 내쉬셨습니다.

　㉢"나중에 이야기하자."

생각해 보기!

1 밑줄 친 ㉠에서 틀리게 쓰인 말을 찾아서 고쳐 보세요.

2 ㉡처럼 원래 외국어였던 말을 우리말로 허용해서 쓰는 말을 외래어라고 하지요. 다음 중 외래어가 아닌 말은 무엇인가요?

① 라디오   ② 카메라

③ 택시   ④ 시나브로

3 ㉢을 통해 알 수 있는 어머니의 마음 상태는 어떠한가요?

그 말에 내 가슴 속에서는 바윗덩어리가 '쿵' 하고 떨어졌습니다.

'혹시 어머니께서 아셨나?'

마음이 조마조마해졌습니다. 나는 천천히 방 안으로 들어갔습니다. 막내 이모가 내 팔을 잡아끌었습니다.

"문한아, 네가 정말 그랬어? 엄마 허락 없이 금고에서 동전을 꺼내 간 게 사실이야?"

막내 이모의 목소리가 떨렸습니다.

"말해 봐, 어서!"

막내 이모가 다그치자, 눈물이 핑 돌았습니다.

"이모, 미안해. 잘못했어. 풍선껌이 너무 씹고 싶어서 그만……."

눈물이 손등에 뚝 떨어졌습니다. 나는 마음이 조여드는 것 같았습니다. 그래서 어머니를 부르며 방문을 열었습니다.

우리 이모는 4학년(정란희 지음, 산하, 2007 개정)

생각해 보기

1 주인공 문한이는 어떤 잘못을 했나요?

　① 엄마와의 약속을 지키지 않았다.

　② 금고에서 동전을 꺼내갔다.

　③ 막내 이모한테 대들었다.

　④ 슈퍼마켓에서 풍선껌을 훔쳤다.

2 갖고 싶다고 남의 물건에 손을 대는 행동에 대해 어떻게 생각하나요?

3 이 글의 뒷이야기를 꾸며 보세요.

지금은 보이스카우트 여름 극기 훈련 중이다. '나 홀로 프로그램'을 하는 날이라서 오늘은 하루 종일 혼자 다녀야 한다. 땡볕이라 눈을 뜨기조차 힘들지만 정해진 길을 따라 걸어서 캠프에 도착해야 한다. 십 리쯤 걸었을까? 목이 마르고 다리가 아팠다. 얼굴에 흐르는 땀방울을 손수건으로 닦으며 고개를 들었을 때 마을회관 앞에 걸려 있는 하얀 현수막이 보였다.

'우리 가게에는 사람이 없습니다.'

텔레비전에서 본 '무인 양심가게'인 것 같았다. 가게에 주인이 없으니 물건에 적힌 가격대로 돈을 금고에 넣고 간다고 했다. 슬슬 호기심이 일었다. 정말 저기에 사람이 없을까? 가게 안은 우리 동네 슈퍼마켓과 비슷할까? 나는 유리문을 기웃거렸다. 정말 사람이 없었다. 들어가 가게 안을 둘러보았다. 선반에는 여러 가지 과자와 세제가 놓여 있었고, 냉장고에는 주스, 콜라, 사이다 등이 한 줄로 키재기를 하며 서 있었다. 나는 침을 꼴깍 삼켰다. 음료가 들어 있는 꼬마병이 점점 더 커 보였다. 시원한 걸로 하나 꺼내 마시고 싶었다. 돈을 꺼내기 위해 주머니를 만졌다. 하지만 손에는 아무것도 잡히는 게 없었다. 아, 그제서야 지갑을 숙소에 두고 온 것이 생각났다. 온몸에서 힘이 빠져나가며 목이 타들어가는 것 같았다. 아무도 몰래 하나 꺼내 먹고 싶었다. 나는 냉장고 앞으로 걸어가 냉장고 문 손잡이를 잡았다. 가슴이 쿵쾅대었다. 그 때 천사와 악마가 내 귀에다 대고 소리치는 것 같았다.

'안 돼, 정신 차려! 남의 물건을 왜 훔치니?'

'아무도 없는데 뭘. 일단 목을 축이고 보는 거지. 딱 한 번인데 어때?'

나는 냉장고 문 손잡이를 잡은 채 어정쩡하게 서 있었다.

이 이야기를 읽고 주인공에게 하고 싶은 말을 써 보세요.

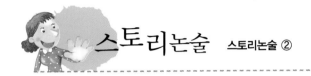

빨간 머리 앤

몽고메리

마릴라 아주머니는 브로치가 있을 만한 곳을 다 찾아보았지만 아무래도 찾을 수가 없었다.

"앤, 아무리 찾아봐도 브로치는 없구나. 네가 그 브로치를 마지막으로 만진 사람이야. 대체 어떻게 한 거야? 당장 사실대로 말해. 밖에 갖고 나갔다가 잃어버린 거지?"

"아뇨, 제가 안 그랬어요."

앤은 아주머니를 당당하게 똑바로 쳐다보면서 대답했다. 그러자 아주머니의 목소리는 더욱 날카로워졌다.

"넌 거짓말을 하고 있구나, 앤. 난 못 속인다. 사실대로 말할 때까지 한마디도 하지 마라. 네 방에 가서 모든 걸 다 말할 때까지 나오지 마."

아주머니는 앤이 브로치를 잃어버리고서 야단 맞을까 봐 무서워서 말하지 못하는 거라고 생각했다.

앤은 세상에서 버림받은 기분이었다. 내일은 손꼽아 기다리고 기다리던 소풍 가는 날인데 방 안에만 틀어 박혀 있을 수는 없다는 생각이 들어서 아주머니에게 물었다.

"내일이 소풍인데, 소풍은 갈 수 있는 거죠?"

"소풍이고 뭐고 다 필요 없어. 네가 고백할 때까지는 아무 데도 못 가."

아주머니는 방을 나가고는 꽝하고 문을 닫아버렸다.

"아, 아주머니."

앤은 온몸에서 힘이 빠져나가는 것 같았다.

“아주머니, 저 말씀드릴 준비가 다 됐어요.”

마릴라 아주머니는 앤을 바라보았다.

“제가 아주머니의 브로치를 가져갔어요.”

㉠앤은 마치 암기한 것을 외우듯 말했다.

“아주머니 말씀대로 제가 가져갔어요. 방에 들어왔을 때에는 가져갈 생각이 아니었어요. 그런데 가슴에 달아 보니까 너무 멋졌어요. 그래서 옷에 달고 밖에 나갔어요. 걷다가 만져 보고 걷다가 만져 보고 했어요. 그러다가 다리를 건너면서 다시 한번 들여다보고 싶은 생각에 브로치를 뺐어요. 순간, 갑자기 브로치가 미끄러지면서 호수로 빠져버렸어요.”

아주머니는 앤의 말을 들었지만 조금도 화가 가라앉지 않았다. 오히려 화가 더 솟구쳤다. 앤은 자기가 소중하게 아끼는 브로치를 가지고 나가서 잃어버렸는데도 반성은커녕, 지금 여기 앉아서 아무렇지도 않게 말하고 있는 것이다.

“난 너처럼 못된 애는 처음 봤다.”

“저도 그렇게 생각해요. 어떤 벌이라도 받을 테니 소풍만 보내 주세요.”

“맙소사, 남의 물건을 잃어버리고도 소풍을 가겠다고? 넌 소풍 못 간다. 갈 수 없어.”

“제발 소풍은 보내 주세요. 전 꼭 가야 해요. 고백만 하면 보내 주겠다고 약속하셨잖아요. 제발 보내 주세요.”

“못 간다면 못 가는 줄 알아. 이제 아무 말도 듣기 싫다.”

생각해 보기

1 마릴라 아주머니와 앤이 찾고 있는 물건은 무엇인가요?

　① 머리핀　　　　　　　② 손지갑

　③ 수첩　　　　　　　　④ 브로치

2 마릴라 아주머니는 앤에게 무엇을 고백하라는 것인가요?

3 여러분이 아끼던 물건을 교실에서 잃어버렸다면 어떻게 해결해야 할까요?

4 이 이야기에서 앤을 가장 잘 나타낸 말은 무엇인가요?

　① 도둑질을 했다는 생각에 괴로워하고 있다.

　② 실수를 고백하고 있다.

　③ 마릴라 아주머니를 달래고 있다.

　④ 소풍을 가고 싶은 마음 때문에 거짓으로 꾸며 말하고 있다.

5 앤이 ㉠처럼 말한 이유는 무엇일까요?

마릴라 아주머니는 검은색 숄을 꺼냈다. 숄에서 조금 해진 부분이 있던 게 생각났기 때문이다. 그것을 꿰매야겠다고 생각하며 트렁크 안에서 숄을 꺼낼 때, 창가에 떼지어 우거진 ㉠덩굴잎 사이로 내리던 햇빛이 숄에 붙어 있는 것을 비추었다. 그것이 반짝반짝 보랏빛으로 빛났다. 마릴라는 깜짝 놀라 그것을 거머쥐었다. 레이스의 실 하나에 매달려 있는 것은 자수정 브로치였다.

　　㉡"(　　　　　　　　　　　　)"

　　아주머니는 깜짝 놀라 며칠 전 기억을 더듬었다. 지난 번에 숄을 벗어서 잠시 옷장 위에 올려놓았을 때 브로치가 달라붙었던 것이다. 아주머니는 앤에게로 갔다.

　　"방금 브로치가 검정 숄에 붙어 있는 걸 찾았는데, 오늘 아침 네가 한 고백은 뭐니?"

　　"그건, 제가 무슨 말이든 할 때까지 여기서 못 나간다고 아주머니가 그러셔서 지어 말한 거예요. 전 소풍을 가야 하니까요."

　　아주머니는 웃었다. 앤한테 미안하기도 했다.

　　"그렇게도 소풍이 가고 싶었니? 내가 나빴어. 널 처음부터 믿었어야 했는데……. 그렇다고 너처럼 하지도 않은 일을 고백하는 것은 옳지 못해. 자, 우리 서둘러 소풍 가자."

1 ㉠과 바꿔 써도 되는 말은 무엇일까요?

① 넝쿨잎   ② 넝울잎

③ 덩쿨잎   ④ 넝굴잎

2 ㉡에 들어갈 말을 상상해서 써 보세요.

3 다른 사람에게 의심을 받아 본 적이 있나요? 그 때의 기분은 어땠나요? 다른 사람이 여러분의 행동을 보고 참인지 거짓인지 잘 알지도 못하면서 거짓으로 몰아붙일 때, 여러분이 할 수 있는 일에는 어떤 것들이 있을까요?

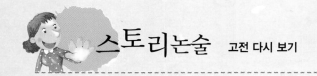

허생전

박지원

   남산 아래 묵적골이라는 동네에 허생이라는 선비가 살았어요. 허생은 늘 책을 읽었어요. ㉠가족이 굶든 말든, 비가 오든 말든 아랑곳하지 않고 책을 읽었어요. 과거를 보려고 하느냐, 그것도 아니었어요. 십 년 동안 글공부만 하겠다고 마음먹고 정말 열심히 했어요. 하지만 허생의 아내는 불만이 이만저만이 아니었어요.

   "당신은 어쩌자고 한평생 글만 읽나요?"

   "아직 마음먹은 글공부가 끝나지 않았기 때문이오."

   그러자 며칠 굶은 아내가 삯바느질을 하다 말고 훌쩍훌쩍 울기 시작했어요.

   ㉡"(   )"

   그러자 허생은 한숨을 쉬며 집을 나갔어요.

   "아, 안타깝도다. 내 십 년 동안 글 읽기를 하려 했는데, 이제 겨우 칠년이구나."

1 ㉠에 대해 어떻게 생각하나요? 여러분의 생각을 말해 보세요.

2 ㉡에 어떤 말이 들어 갈까요? 만약 여러분이 허생의 아내라면 허생에게 어떤 말을 했을까요?

종로 거리로 나간 허생은 길 가는 사람들을 붙잡고 한양에서 제일 부자가 누구냐고 물었어요. 사람들은 입을 모아 변씨를 말했지요. 그러자 그는 변씨를 찾아가서 만 냥만 빌려 달라고 했어요. 그러자 변씨는 이름도 묻지 않고 곧바로 허생에게 만 냥을 내주었어요. 옆에 있던 사람들은 깜짝 놀라며 처음 보는 사람한테 만 냥을 주는 것은 어리석은 짓이라며 혀를 찼어요.

　　"돈을 빌리러 오는 사람들은 여러 말들을 늘어놓는데, 그 사람은 그러지 않더군. 비록 옷차림은 초라했지만 말이 짧고 당당한 눈빛이 믿음이 가던 걸."

　　만 냥을 얻은 허생은 곧장 시장으로 가서 과일이란 과일을 모두 두세 배 가격으로 사들였어요. 그러자 얼마 뒤 시장에서는 과일을 찾아볼 수가 없었어요. 사람들은 잔치나 제사를 지내야 하는데 과일이 없어서 쩔쩔맸어요. 그러자 허생은 열 배 가격으로 되팔았어요.

　　"겨우 만 냥으로 나라를 들썩이게 할 수 있다니……."

　　다음에는 칼, 호미, 무명, 명주, 솜 등을 모조리 사들여 제주도에 건너가서 팔았어요. 그리고는 말총을 모두 사들였어요. 얼마 지나지 않아 망건 값이 열 배나 뛰었어요.

　　부자가 된 허생은 뱃사공을 찾아가 물었어요.

　　"혹시 바다 밖에 빈 섬이 없던가?"

　　"있지요. 옛날에 바람을 만나 동쪽으로 사흘 밤낮을 가다가 어떤 섬에 닿았는데 그곳에는 꽃이 저절로 피고, 과일, 곡식이 철따라 여물었습니다."

1 부자 변씨는 처음 보는 허생에게 왜 이름도 묻지 않고 큰돈을 빌려 주었을까요?

   ① 조상 대대로 지위 높은 양반이어서

   ② 사람을 대하는 눈빛에 부끄러움이 없고 믿음이 가서

   ③ 큰돈을 벌 사람 같아서

   ④ 학문을 많이 닦아서

2 허생은 나라 안의 물건을 모두 산 뒤 비싼 값에 팔아 너무나 쉽게 큰돈을 벌었어요. 작가는 이런 허생의 행동을 통해 무엇을 말하고 싶었을까요?

   ① 돈을 버는 양반이 최고다.

   ② 물건을 사고 파는 시장을 키우고, 무역을 키워야 부자 나라가 될 수 있다.

   ③ 나쁜 방법으로 돈을 벌면 안 된다.

   ④ 나라를 움직이려면 만 냥 정도는 있어야 한다.

3 허생이 매점매석을 했던 물건을 차례대로 쓰세요.

   (,   ,   ,   ,   ,   ,   )

• 매점매석 : 한 가지 물건을 잔뜩 사들였다가 값이 오르면 내다 파는 것.

허생은 사공이 이끄는 대로 그 섬에 가 보았어요. 과연 듣던 대로였어요. 허생은 나라에 다시 돌아와 산 속에 숨어 사는 도적떼들을 찾아가 그들에게 큰돈을 주며 그 섬에 가서 살게 했어요. 농사가 잘되어 일본에 쌀을 수출해서 큰돈을 벌기도 했어요. 허생은 한양으로 돌아오기 전에 사람들에게 말했어요.

"너희들은 아이를 낳거든 오른손으로 숟가락을 잡게 하고, 하루라도 먼저 태어난 사람에게 서로 음식을 양보하는 덕을 기르도록 하여라."

허생은 섬을 떠나 온 나라를 두루 돌아다니며 가난하고 의지할 곳 없는 사람들을 도와주었어요. 돌아오는 길에 바다에 십만 냥을 버리고도 십만 냥이 남자 변씨에게 꾼 돈을 갚았어요.

만약 여러분이 허생이라면 장사를 해서 번 돈을 어디에 어떻게 쓸지 생각해
보세요.

_____

_____

_____

_____

_____

_____

_____

_____

_____

_____

_____

변씨는 허생의 됨됨이에 탄복하여 여러 가지 친절을 베풀었어요. 어느 정도 친해졌을 무렵 변씨가 잘 아는 정승 이완이라는 사람이 허생을 찾아왔어요. 그러자 허생은 이완에게 나라를 구할 세 가지 방도를 말해 주었어요.

"첫째, 어진 사람에게 높은 벼슬자리를 주라고 임금님께 아뢰시오."

그러자 이완은 고개를 저었어요.

"둘째, 명나라 장수들이 일찍이 조선에 베푼 은혜가 있다며 이 땅에 들어와 보답을 요구하니 임금님의 일가붙이 딸들과 결혼하게 하시오."

그러자 이완이 또 고개를 저었어요. 허생이 다시 입을 열었어요.

"셋째, 젊은이들을 외국으로 유학을 보내시오."

그러자 이완이 또 고개를 저었어요. 그러자 허생은 불같이 화를 내었어요.

"네 이놈, 세 가지 중 하나도 못한다면 네 놈이 나라를 위하는 신하라고 말할 수 있느냐? 너 같은 놈은 당장 목을 잘라야 한다."

허생의 큰소리에 이완은 너무 놀라 뒷문으로 내뺐어요. ㉠다음 날, 이완이 다시 허생의 집을 찾아가 보니 집은 텅 비어 있고 허생은 온데간데없었어요.

허생전은?
연암 박지원(1737~1805)의 한문소설입니다. 허생전은 『열하일기』에 실려 있으며 박지원의 소설 중 '호질', '양반전'과 함께 대표 작품으로 꼽히고 있지요. 허생전을 통해 조선 후기의 실학(실용적인 학문) 사상을 엿볼 수 있습니다.

1 허생이 이완에게 가르쳐 준 것이 아닌 것은 무엇인가요?

① 어진 사람에게 높은 벼슬을 주라고 임금님께 아뢰어라.

② 명나라 장수들이 일찍이 조선에 베푼 은혜가 있다 하여 이 땅에 들어와 보답을 요구하니 임금님의 일가붙이 딸들과 결혼하게 하라.

③ 무역을 키워 부강한 나라를 만들어라.

④ 젊은이들을 외국으로 유학을 보내라.

2 이 이야기를 통해 작가 박지원은 우리에게 어떤 말을 해 주고 싶었을까요?

3 ㉠의 허생은 어디로 간 걸까요? 뒷이야기를 꾸며 보세요.

내가 쓴 허생전

독서를 좋아하는 허생은 10년 동안 책을 읽기로 마음먹고 자나 깨나 앉으나 서나 책을 읽었어요. 결혼을 하고도 책에만 푹 빠져 사니 아내는 늘 불만이었어요. 어쩌다 다른 마을에 삯바느질감을 가지러 갔을 때 소나기라도 내리는 날에는 마당에 널어두었던 나락, 고추, 참깨 등이 온데간데없이 물길에 휩쓸려 사라지는 날도 있었어요.

㉠"입에 풀칠도 못하는 주제에 글공부가 뭐람?"

허생의 아내는 혼잣말을 했어요. 배고프고 졸리고 추워서 짜증이 몽글몽글 피어올랐어요. 얼마쯤 지나자 허생은 자신을 못마땅해 하는 아내의 마음을 눈치채기 시작했어요. 입을 불뚝 내밀거나 궁시렁대는 날이 많았거든요.

'그래, 독서보다는 먹고사는 일이 더 급하지. 이러다 난 정말 능력 없는 가장이 되겠구나' 하는 생각도 들었어요.

허생은 글공부에 바친 7년을 돌아보았어요. 많이 힘들고 고달팠지만 있는 힘을 다해 글공부를 했기에 조금도 후회가 남지 않았어요.

"여보, 당신 고생한 거 내가 다 알고 있소. 내가 저잣거리에 가서 장사를 하겠소."

아내는 깜짝 놀랐어요. 평생 글공부와 선비 노릇만 하던 남편이 장사를 하겠다니 믿을 수도, 안 믿을 수도 없었어요. 여태까지 남편한테 불만을 가진 자신이 부끄럽게 느껴졌어요.

　허생은 아내의 손을 잡으며 말했어요.

　"바르고 떳떳한 방법으로 돈을 벌겠소."

　아내는 너무 기뻐 왈칵 눈물이 나올 뻔했어요.

　"나도 당신을 따라 나서겠어요. 우리 둘이 서로 도와가며 일하면 안 되는 일 있겠어요? 우리도 열심히 일해서 남부럽지 않게 살아보자구요."

　허생은 아내를 보며 빙그레 웃었어요.

1 이 이야기와 박지원의 『허생전』을 비교해 보았을 때 사실과 다른 점은 무엇인가요?

   ① 장사에 대한 작가의 관심을 엿볼 수 있다.

   ② 원작에는 허생이 아내의 강요에 의해 집을 나가 부자 변씨를 찾아가지만 이 이야기에서는 허생 스스로 결정하며, 아내도 그를 힘껏 돕는다.

   ③ 작가는 양반(신분)제도에 대해 강조하고 있다.

   ④ 상업의 중요성을 말해 주는 작품이다.

2 여러분도 허생의 아내처럼 공부보다 돈을 버는 것이 먼저라고 생각하나요? 이유도 함께 밝혀 주세요(㉠ 참고).

3 '서로서로 돕는다' 는 뜻을 가진 4자성어를 말해 보세요.

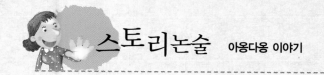

등장인물들의 말을 듣고, 누구 말이 옳다고 생각되는지 자신의 생각을 글로 옮겨 보세요.

　허생의 아내는 이웃 동네에서 삯바느질감을 갖고 오던 길에 갑자기 소나기를 만났어요. 비를 피하느라 나무 아래나 처마 밑에 들어가기도 하고, 비가 조금 그친다 싶으면 뛰기도 했지만 무명 저고리가 흠뻑 젖었어요. 가까스로 집에 도착해서는 마당을 보고 깜짝 놀랐어요. 글쎄, 마당에 널어놓고 간 고추가 빗물에 홀딱 젖어 뭉그러진 채 나뒹굴고 있는 거예요. 허생의 아내는 머리 끝까지 화가 났어요. 비온 줄도 모르고 방 안에서 글공부나 하고 있는 남편이 한심하게 느껴졌어요. 그래서 다짜고짜 방문을 열어젖히며 소리를 질렀어요.

아내 : 정말 너무 하세요. 고추가 이 모양이 되도록 당신은 뭐하셨어요?

허생 : 허허, 비가 왔었나 보군. 책을 읽느라 몰랐네 그려.

아내 : 허구한 날 방에 틀어박혀서 글공부만 하고 있으면 밥이 나옵니까? 떡이 나옵니까? 과거를 볼 것도 아니라면서……. 정말 너무 하세요!

허생 : 부인, 그렇다고 그렇게 소리를 지를 것까진 없잖소? 아낙네의 목소리가 담장을 넘어가면 되나. 당신은 예의를 모르는군.

아내 : 뭐라구요? 예의를 모른다구요? 가장으로서 도통 일은 하지 않고 글 나부랭이만 들추고 있는 당신은 예의가 있는 건가요?

허생 : 남편이 글공부를 하면, 아내 되는 사람이 도움을 주진 못할망정 말

이 너무 지나치시오.

아내 : 입에 풀칠하는 것이 먼저이지, 식구들을 굶기면서 글공부를 하는
게 먼저입니까?

허생 : 허험, 아녀자가 말이 많다.

생각 넓히기

이 글을 읽고, 여러분의 생각을 글로 표현해 보세요.

결(結)초(草)보(報)은(恩)

풀을 묶어 은혜에 보답한다는 뜻으로,
죽어서도 잊지 않고 은혜를 갚는다는 말

『춘추좌씨전(春秋左氏傳)』

중국 춘추시대, 진나라에 위무자라는 사람이 있었는데, 그에게는 젊은 첩이 하나 있었다. 그는 병이 들자 아들 위과를 불러 유언을 남겼다.

"내가 죽거든 젊은 첩을 개가시키도록 해라."

그런데 며칠 뒤, 위무자는 다시 아들을 불러 이렇게 말했다.

"내가 죽거든 옛 풍속대로 첩을 나와 함께 묻도록 해라."

위무자가 죽은 뒤 위과는 아버지의 처음 유언대로 개가시킬 것인지, 아니면 나중 유언대로 순장시킬 것인지 선뜻 마음을 정하지 못했다.

"사람이 병이 깊어지면 정신이 혼란해지기 마련이니 아버지께서 맑은 정신일 때 하신 말씀대로 따르리라."

하고는 아버지의 처음 유언대로 아버지의 젊은 첩을 개가시켜 주었다.

세월이 흘러 어느 날 환공이 진나라를 침공하여 군대를 보씨라는 곳에 머물게 했다. 위과는 진나라 장수로서 전투에 나가게 되었는데, 오랜 준비

• 개가 : 다시 결혼함.
• 순장 : 왕이나 귀족 등이 죽으면 신하, 첩, 종을 함께 무덤에 묻던 일.

끝에 쳐들어온 환공의 군대를 당해낼 수가 없었다. 위과는 있는 힘을 다해 싸웠지만 불리하기만 했다.

그런데 그때 엄청난 일이 벌어졌다. 무섭게 공격해 오던 진나라 군사들이 갑자기 풀밭에 나뒹굴며 뒤엉켜버리는 것이 아닌가! 위과가 지휘하는 진나라 군사들은 이때를 놓치지 않고 공격해서 큰 공을 세우게 되었다.

그날 밤 위과의 꿈에 한 노인이 나타나 이렇게 말했다.

"나는 당신이 개가시킨 첩의 아버지입니다. 내 딸을 죽이지 않고 살려 준 당신의 은혜에 감사드립니다. 그 은혜를 조금이라도 갚고자 풀을 묶어 적을 넘어지게 하였습니다."

이때부터 풀을 묶어 은혜를 갚는다는 결초보은은 "죽어서도 잊지 않고 은혜를 갚는다"는 뜻으로 널리 쓰이게 되었다.

'결초보은'을 넣어 짧은 문장을 지어 보세요.

어떤 말이 맞을까요?

'더욱이' 와 '더우기'

① 넌 공부도 못하는 데다가 <u>더욱이</u> 의욕이 없잖니?
② 넌 공부도 못하는 데다가 <u>더우기</u> 의욕이 없잖니?

올바른 쓰임은 ①번입니다.

'그러한 데다가 더' 의 뜻으로 쓰일 경우에는 '더욱이' 가 맞습니다. 참고로 이 때는 '더우기' 처럼 소리나는 대로 이어 쓰지 않습니다.

'더욱이'를 넣어 문장을 완성해 보세요.
* 민수가 그 일을 하기에는 몸이 너무 약하고 _____ 나이가 너무 어리다.
* 내 방은 창문이 없는데다가 _____ 좁기까지 하다.

58

4

한문논술

무궁화(木槿)

윤선도(尹善道)

甲日花無乙日輝
갑 일 화 무 을 일 휘

오늘 핀 꽃이 내일까지 빛나지 않는 것은

日花羞向兩朝輝
일 화 수 향 양 조 휘

한 꽃으로 두 해님 보기가 부끄러워서다

葵傾日日如憑道
규 경 일 일 여 빙 도

날마다 새 해님 향해 숙이는 해바라기를 말한다면

誰辨千秋似是非
수 변 천 추 사 시 비

세상의 옳고 그름을 그 누가 따질 것인가

우리나라 꽃

박종오 작사 / 함이영 작곡

무궁화 무궁화 우리나라 꽃
삼천리 강산에 우리나라 꽃

피었네 피었네 우리나라 꽃
삼천리 강산에 우리나라 꽃

무궁화 행진곡

윤석중 작사 / 손대업 작곡

무궁무궁 무궁화 무궁화는 우리 꽃
피고 지고 또 피어 무궁화라네
너도 나도 모두 무궁화가 되어
지키자 내 땅 빛내자 조국
아름다운 이 강산 무궁화 겨레
서로 손 잡고 앞으로 앞으로
우리들은 무궁화다

1 　윤선도의 '무궁화'에서 느껴지는 시의 의미에는 어떤 것이 있을까요?

2 　시에서 느껴지는 무궁화 꽃을 직접 그려 보세요.

3 　한시를 동요처럼 소리 내어 불러 보세요.

'무궁화' 로 삼행시를 지어 보세요.

무

궁

화

연꽃 구경(賞蓮)

곽예(郭預)

賞蓮三度到三池
상 련 삼 도 도 삼 지

翠盖紅粧似舊時
취 개 홍 장 사 구 시

唯有看花玉堂客
유 유 간 화 옥 당 객

風情不減鬢如絲
풍 정 불 감 빈 여 사

세 번이나 연꽃 보러 삼지를 찾아오니

푸른 잎 붉은 꽃은 그때와 다름없네

다만 꽃을 바라보는 옥당의 손님만이

마음은 그대로인데 머리털이 희어졌네

연꽃

윤석중

연꽃은 해만 뜨면

부스스 깨지요

연꽃은 연꽃은

세수를 안 해도 곱지요.

생각해 보기

1 '연꽃 구경'을 패러디하여 시를 지어 보세요.

2 윤석중 선생님은 '연꽃'이란 시에서 왜 '세수를 안 해도 곱지요'라고 표현했을까요?

• 패러디(parody) : 특정 작품의 글감이나 이야기를 흉내 내어 일부러 재미있게 만드는 문학의 한 갈래.

 **가로 열쇠**

1. 결심이 사흘을 가지 못함.

4. 사람의 모양으로 만든 장난감.

5. 남에게 좋은 마음으로 물건을 주는 것.

7. 한 조각의 붉은 마음이라는 뜻으로, 진심에서 우러나오는 변치 아니 하는 마음.

 **세로 열쇠**

2. 태어난 날.

3. 각이 세 개인 도형.

4. 사람의 일생.

6. 물건을 보면 욕심이 생김.

보기

作	三	心	日	生	角	形	人	膳	見	物	一	片	丹
작	삼	심	일	생	각	형	인	선	견	물	일	편	단

1 가로 열쇠 ① '작심삼일', ④ '인형', ⑤ '선물', ⑦ '일편단심', 네 개의 단어
를 넣어 일기 형식의 글을 써 보세요.

2 '작심삼일'과 같은 경험을 글로 써 보세요.

찬반양론

5

 찬반양론 사생활 침해

쉿, 비밀 일기장!

12월 12일 날씨 맑음

　가족이 모두 모여 저녁을 먹는 것은 매우 좋다. 나는 숟가락과 젓가락을 식탁에 챙겨 놓고 엄마는 반찬을 만들었다. 오늘 저녁은 아까 엄마와 함께 만든 만두를 먹는 것이다. 만두 만들기는 재미있었다. 손을 씻고 엄마가 반죽한 밀가루에 속을 넣고 동그랗게 모양을 만들었다. 동생 강이가 자꾸 자기도 해 보겠다고 해서 셋이 만두를 만들었다. 강이와 내가 만든 만두는 다 터졌다. 내 만두는 안 예뻤지만 그래도 제일 맛있었다.

　아빠도 만두가 맛있다고 했다. 나는 기분이 좋았다.

- 솔이의 하늘색 일기 가운데 -

70

나는 하늘색 일기장을 돌려받는다. 선생님은 저번처럼 나의 일기에 '참 잘했어요!' 도장과 칭찬을 써 주었을 것이다. 모두가 똑같은 도장을 받는 셈이다. 나는 확인하지 않는다. 하늘색 일기장은 진짜 내 모습을 적은 것이 아니다. 하늘색 일기장의 일기들은, 숙제를 내지 않으면 교실 청소를 해야 하기 때문에 써서 내는 거짓말일 뿐이다. 좋아하는 친구의 일이나 부모님이 바빠서 외로웠던 일 등 숨기고 싶은 비밀이 있지만, 잘 쓴 일기라면서 선생님이 아이들 앞에서 큰 소리로 읽을까 봐 비밀 일기장을 따로 만들었다. 다른 친구들도 나처럼 비밀 일기장을 가지고 있다.

　선생님은 내가 분홍색 일기장에 진짜 나의 하루를 적는 것을 알지 못한다. 나는 어제도 엄마, 아빠가 퇴근을 늦게 해서 햄버거를 사 먹었다. 햄버거 가게에서 옆반 현우를 만나 이야기를 나눠 좋았다. 그리고 엄마를 기다리러 버스 정류장까지 갔다 왔다. 나는 내 이야기를 누가 볼까 봐 늘 일기를 책상 서랍 깊숙이 숨겨 놓고 학교에 간다.

　나는 일기를 검사하는 선생님이 이해되지 않는다. 일기에는 나의 생각과 내가 오늘 했던 행동을 적는 것이다. 누가 내 생활을 볼 것이라고 생각하고 쓰는 일기는 진정한 나의 일기가 아니다.

　선생님이 나의 사생활을 너무나 알고 싶어 해서 일기 검사를 한다고 생각한다. 일기 검사, 사생활 침해가 아닐까?

– 솔이의 분홍색 일기 가운데 –

솔이의 일기장을 본다. 우리 반은 일기 검사를 하루도 빼먹지 않고 한다. 솔이와 반 아이들이 일기 검사를 싫어하는 줄은 알지만 일기 검사를 끝까지 할 생각이다. 어제 솔이를 보았다. 늦은 시간, 버스 정류장에서 엄마를 기다리는 솔이에게 인사를 할까 하다가 일기에 이야기를 하려 했다. 그런데 오늘 낸 솔이의 일기는 사실과 달랐다.

나는 일기 검사를 교육적인 부분에 중점을 두고 한다. 일기는 중요한 기록인데, 하루를 지내며 겪은 일이나 느꼈던 감정을 적어두는 것은 좋은 생활 습관이 될 수 있다. 또한 작은 사건과 사물을 기억하고 표현하면 관찰력도 좋아지고, 표현력이 생긴다. 그리고 날마다 글을 쓰다 보면 문장력도 좋아진다. 그러나 아이들은 검사를 하지 않으면 일기를 귀찮게 생각하여 쓰지 않는다. 시간이 지난 후에 '이런 일이 있었구나!' 하고 느낄 수 있는 순간은 예전의 일기를 볼 때가 아닐까? 나는 아이들에게 그러한 추억을 선물해 주고 싶다.

또, 반 아이들과 친구처럼 지내고 싶어 일기장에 쉽게 말하지 못하는 고민을 털어놓으라고 써 주기도 했다. 선생님과 아이들이 친해질 수 있는 연결고리를 일기장이 해 주는 것이다. 마주 앉아 이야기할 수 없는 부분을 일기가 대신하기 때문이다. 한 아이가 따돌림 당하는 것을 일기에 써서 해결한 경우도 있다. 아이들에 대한 나의 관심 표현, 사생활 침해일까?

– 선생님의 일기 가운데 –

1 이 글을 읽고 사실과 다르게 말한 사람은 누구인가요?

　① 다미 – 솔이는 일기 검사를 반대하고 있어. 개인의 감정까지 검사
　　하는 것이라고 생각하기 때문이야.

　② 재인 – 선생님은 일기쓰기가 문장력을 좋게 하고, 관찰력과 표현력
　　을 길러주는 것이라고 말하고 있어.

　③ 정혁 – 나 같아도 내 일기 내용을 다른 아이들에게 말한다면 정말
　　부끄러울 거야. 솔이는 그 점이 싫은 거야.

　④ 유리 – 선생님은 아이들에게 인기가 없어. 일기장으로 몰래 아이들
　　이야기를 듣고 싶은 거야.

2 일기 검사에 대해 여러분은 어떻게 생각하나요?

3 여러분은 언제부터 일기를 썼나요? 일기는 어떤 도움을 주었나요?

죄 판단! 누가 해야 할까?

진형 : 난 사형제도가 반드시 필요하다고 생각해. 사형제도가 없어진다
면 살인범에 대한 피해는 어떻게 보상 받을 수 있지? 사랑하는 가
족을 잃은 사람들은 평생 슬픔 속에서 살아가야 하잖아.

도은 : 물론 가족은 슬프고 힘들겠지만 우리한테는 '용서' 라는 것도 있잖
니. '용서' 를 베푼다면 틀림없이 더욱 밝은 사회가 될 거야.

진형 : 그래도 사형제도가 있어야 범죄를 예방할 수 있지. 불안한 사회에
서 사형제도까지 없앤다면 더욱 흉악스럽고 잔인한 범죄가 일어
나게 될 거야.

도은 : 하지만 그것이 범죄를 막는 데 얼마나 도움이 될까? 그리고 사람
이 사람을 벌주는 일에는 실수가 생길 수 있어. 판단을 잘못해서
죄 없는 사람을 감옥에 가두거나 사형시킨 일들이 실제로도 있잖
아. 또, 한번 집행하면 돌이킬 수 없는 게 사형이구.

진형 : 그런 일이 얼마나 자주 일어나겠어?

도은 : 작은 실수가 한 사람의 인생을 결정하는 거잖아. 사형제도를 유지
하는 것은 지혜롭지 못해.

진형 : 지혜롭지 못하다고? 오히려 빛도 들어오지 않는 좁은 방에서 평생
살아야 하는 게 더 괴롭고 잔인한 벌일 거야.

도은 : 그래도 살아 있잖아. 아무리 범죄자일지라도 그 목숨을 소중히 생

각해야 해. 벌이라고 해서 사람을 죽이는 건 나쁘잖아.

진형 : 사형제도가 없다면 평생 범죄자를 감시하고 돌봐 주어야 해. 물론 국민들의 세금으로. 그들을 위해 국민들이 떠안을 세금 부담도 생각해야지.

도은 : 어머, 어쩜 넌 그런 이유로 사람을 죽였으면 좋겠다고 하니? 너 같은 사람들이 흉악범을 사형시켜야 한다고 하는 것은 순전히 복수심 때문이야. 범죄자의 죽음만이 죄값을 치르는 것이라고 생각하니까. 하지만 그들에게 기회를 준다면 사회는 달라질 걸? 안 그러니?

진형 : 그렇다고 왜 화를 내고 그래? 사회 질서를 유지하기 위해서 사형제도가 필요하다는 말이 뭐가 잘못됐어?

1 진형이와 도은이의 대화에서 사형제도에 대해 잘못 이해한 사람은 누구인가요?

① 정민 – 진형이는 사형제도가 더 큰 범죄를 예방하기 위해 꼭 필요하다고 생각하고 있어.

② 희원 – 진형이는 잔인한 범죄자들은 사형해야 한다고 말하고 있어.

③ 현준 – 도은이는 범죄를 저지른 사람을 용서하는 마음을 갖자고 했어.

④ 아름 – 도은이는 범죄자의 죽음만이 죄값을 대신할 수 있다고 보고 있어.

2 진형이와 도은이의 의견 중 가장 기억에 남는 내용을 써 보세요.

진형이 의견	도은이 의견

3 범죄자를 대할 때 어떤 마음을 가져야 할지 생각해 보세요.

6 생활철학

초상권 침해   내 얼굴이야!
배상 책임   담장 너머로 달려라, 하니!

내 얼굴이야!

　　은채는 사흘 전 소풍을 다녀온 후 날마다 친구들 홈페이지에 가서 사진을 확인한다. 소풍날 찍은 사진 때문이다. 은채가 너무 피곤해 집으로 돌아가는 길에 버스에서 잠이 들었는데, 옆자리에 앉은 승리가 입을 벌린 채 자고 있는 은채의 사진을 찍은 것이다. 은채의 입 안에 장난으로 과자까지 넣었는데, 크게 벌린 입 안에 아이들의 과자가 한 종류씩 다 들어 있었다. 그때 잠이 깬 은채는 그냥 웃어넘겼지만, 다음날 사진을 보고는 너무 부끄러웠다. 그래서 지워달라고 했지만 승리는 은채에게 작은 것에 예민하다며 사진 아래 '소심한 과자 봉지'라고 쓰기까지 했다. 은채가 입 안에 한가득 과자를 담고 있었기 때문이다. 은채는 자기만 빼고 모두 한 장의 사진으로 똘똘 뭉쳐 웃고 있는 친구들이 이해되지 않았다. 재미도 없고 우습지도 않았다. 그런데 친구들은 자꾸 사진을 퍼가고 스크랩된 숫자는 점점 늘어났다.

　　며칠 후 승리의 댓글을 본 친구들은 똑같이 '과자 봉지'라고 놀렸다. 또 다른 반 애들까지 와서 은채의 얼굴을 보고 갔다. 은채는 부끄럽기도 하고 기분이 나빠서 친구들에게 직접 말하기도 했지만, 모두 장난이라며 웃기만 했다. 그래서 친구들의 홈페이지에 가서 더 퍼지지 않게 해달라고 쪽지를 보내고, 계속해서 확인하는 중이다.

　　그렇지만 승리의 홈페이지는 우리 학교에서 인기 홈페이지가 되었고,

사진은 다른 반 애들한테까지 퍼지고 있다.

　은채는 새로운 별명도 마음에 들지 않았고, 자신의 얼굴을 장난으로만 생각하는 친구들도 미웠다. 은채는 똑같이 사진기를 가지고 다니며 반 친구들의 이상한 모습을 찍어 인터넷에 올릴까 하다가, 다른 사람의 얼굴을 인터넷에 함부로 올리면 초상권 침해에 해당된다는 글이 생각나 그만두었다.

1 여러분도 은채처럼 마음에 들지 않는 사진으로 친구들에게 놀림을 당하거나 불쾌했던 적이 있나요?

2 은채의 사진을 동의 없이 퍼간 친구들은 초상권을 침해한 것일까요? 다음 중 누구의 말이 옳다고 생각되나요?

주석 생각 : 친구들은 초상권 침해로 벌을 받을 수 있어. 은채에게 '과자 봉지'라는 별명을 지어 부끄러움을 느끼게 한 승리는 모욕죄까지 받게 될 걸? 당사자의 허락 없이 그 사람의 얼굴 사진을 퍼 가면 그것이 초상권 침해지 뭐겠어?

솔비 생각 : 승리와 친구들은 장난이었어. 소풍 사진 한 장 때문에 친구들에 대해 안 좋은 생각을 갖다니. 은채는 승리 말대로 좀 소심한 것 같아.

담장 너머로 달려라, 하니!

　오늘도 하니는 운동화 끈을 질끈 묶고 달립니다. 이제는 엄마를 볼 수 없지만 달리기를 하면 엄마와의 추억이 떠오릅니다.

　엄마 냄새가 나는 집에 도착했습니다. 하니는 쓰레기통을 밟고 올라가 담장의 낮은 부분에 앉았습니다. 엄마와 함께 심었던 목련나무가 듬직하게 자라 그늘을 만들었습니다. 목련꽃 향기가 바람에 실려 하니가 서 있는 담장 밖으로 건너옵니다. 엄마의 향기입니다. 하니를 꼭 껴안아 주었을 때 엄마에게 났던 기분 좋은 냄새입니다.

　"야, 너 뭐야? 내가 기웃거리지 말랬잖아!"

　하니는 앙칼진 목소리에 놀라 정신이 번쩍 들었습니다. 까만 단발머리의 나애리가 하니를 올려다보며 얼굴을 찡그리고 있습니다.

　하니는 담장에서 내려와 나애리 앞에 섰습니다.

　"신문을 배달하는 중이었어."

　"이제 신문 안 볼 거야. 그러니까 우리 집 담장 위로 올라가서 엿보지 마. 도둑 고양이처럼 담장 위로 올라가는 건 누구한테 배웠니?"

　하니는 주먹을 꼭 쥐었습니다. 나애리에게 원래는 우리 집이라고, 엄마와의 추억이 있는 소중한 곳이니 함부로 말하지 말라고 외치고 싶었지만 그냥 뒤돌아 갔습니다.

　휙! 어제 나애리가 신문을 보지 않겠다고 한 말이 떠올랐습니다. 하지만 이미 신문은 마당 안에 있습니다. 하니는 담장을 넘었습니다. 푹신한 잔디가 밟혔습니다. 신문을 주워 들고는 주위를 둘러보았습니다.

하니는 목련나무 아래에 앉았습니다. 마당 가운데 있는 연못에는 물고기가 헤엄칩니다. 어릴 적 하니가 뛰어놀던 마당은 이제 물고기 놀이터가 되었습니다.

하니는 꼭 훌륭한 달리기 선수가 되어 엄마와 살던 이 집을 다시 찾고야 말겠다고 다짐했습니다.

그때였습니다. 철컥, 하는 문소리가 나더니 나애리가 들어왔습니다.

풍덩! 당황한 하니가 나무 뒤 연못에 빠졌습니다. 물고기도 놀라 멀리 도망쳐 갔습니다.

하니는 내일 달리기 시합에 나가야 하지만 물에 빠지면서 미끄러지는 바람에 다리를 다쳐 나갈 수 없게 되었습니다.

1 이 글을 잘못 이해한 말을 찾아 보세요.

① 하니는 남의 집 담장 넘기를 좋아해.

② 나애리는 자꾸 집을 기웃거리는 하니가 신경 쓰였어.

③ 하니는 신문 배달을 하면서도 달리기 선수에 대한 꿈을 잃지 않고 있어.

④ 하니는 예전에 엄마와 함께 살았던 집을 추억하고 있어.

2 하니의 경우, 나애리에게 보상 받을 수 있을까요?

노을 생각 : 하니는 보상 받을 수 없어. 남의 집에 함부로 들어갔잖아. 그리고 연못의 물고기에게도 피해를 줬어. 오히려 부주의한 하니가 나애리에게 보상해야 할 걸?

승준 생각 : 하니는 신문 때문에 들어간 거야. 그리고 하니가 더 크게 다쳤으면 어쩔 뻔했어? 집에 안전장치를 해 놓지 않은 나애리의 잘못이야. 나애리는 하니에게 치료비를 주어야 해.

어떤 말이 맞을까요?

'걸음'과 '거름'

① 이제 봄이 되었으니 텃밭에 걸음을 뿌려야겠다.
② 이제 봄이 되었으니 텃밭에 거름을 뿌려야겠다.

올바른 쓰임은 ②번입니다.

식물이 잘 자라도록 주는 양분의 뜻으로 쓰일 때는 '거름'입니다. '걸음'
은 '두 발을 번갈아 옮겨 놓는 동작'을 말합니다.

'걸음'과 '거름'을 넣어 문장을 완성해 보세요.
① 겅중겅중 뛰지 말아라. _____을 사뿐히 디뎌!
② 아침 일찍 밭에 _____을 뿌리자.

7 경제논술

메이드 인 코리아!

외국에서 만든 물건을 우리나라에 들여오는 것을 '수입'이라고 하고, 우리나라에서 만든 물건을 외국에 팔아 외화를 벌어들이는 것을 '수출'이라고 한다.

다른 나라의 물건을 지나치게 사용하면 외화 낭비로 경제적 손해가 일어납니다. 그러나 수입품을 전혀 쓰지 않으면 기술도 배울 수 없고 다른 나라 사람들이 한국 상품을 쓰지 않는 외교적 문제가 발생하기도 합니다. 그러므로 수입품의 적절한 사용과 수출은 우리 경제에 중요한 역할을 합니다.

수입품을 지나치게 사용했을 때 생기는 문제점들

- 외화가 낭비된다. 한때 우리나라는 수출품보다 수입품이 많아 경제적 어려움을 겪기도 했다.
- 국산품을 사는 사람이 줄어 기업의 생산활동이 줄어든다. 그렇게 되면 기업의 이익이 줄게 되고, 이익이 없으면 일할 사람이 필요하지 않게 된다. 따라서 실업자가 생겨난다.

- 또한 외국제 물건 안에는 그 나라의 문화가 들어 있다. 우리 것보다 외국의 것이 무조건 좋다고 하는 '문화 사대주의' 가 생길 수 있다.

우리나라의 물건만을 사용했을 때 생기는 문제점들

- 선진국이 더 좋은 물건을 만드는 방법을 알고 있다고 하더라도 기술을 알려주지 않아 우리나라의 기술 발전이 더디게 된다.
- 국산품을 수출하는 데 어려움을 겪게 된다. 다른 나라와의 약속을 통해 서로 필요한 것을 사고 파는 것이 수출이기 때문이다.
- 문화 교류가 이루어지지 않아 국제 사회에서 외톨이가 될 수 있다.

우리나라의 시대별 수출품

1960년대
- 가난한 농업 국가였던 우리나라는 농산물이나 광물 자원 및 값이 싼 천연 자원을 수출했다.
- 주요 수출품 : 철광석, 주석, 텅스텐, 직물, 합판, 옷, 김, 오징어, 돼지털 등

1970년대
- 이 시기에는 경제 개발이 시작되어 수출이 늘어나기 시작했으며, 1977년에는 수출 100억 달러를 달성했다. 경공업 제품의 수출이 많았고, 중화학공업 제품의 수출도 늘어나기 시작했다.
- 주요 수출품 : 섬유, 라디오, 가발, 신발, 금속, 전자 제품, 선박, 철강 등

1980년대
- 경제 발전이 본격적으로 이루어지고 기술이 향상되어 기술 중심의 공업 제품이 수출을 주도하게 되었다.
- 주요 수출품 : 철강, 선박, 섬유, 전자 제품, 기계, 합성수지, 금속, 자동차 등

1990년대
- 공업 제품이 우리나라 수출의 중심 품목이 되었으며, 1995년에는 1,000억 달러의 수출을 이루었다.
- 주요 수출품 : 반도체, 자동차, 전자 제품, 선박, 철강, 기계, 컴퓨터 등

2000년대
- 반도체 산업과 문화 산업 등 첨단 업종이 세계에 진출했다.
- 주요 수출품 : 반도체, 자동차, 전자 제품, 영화 섬유, 선박, 이동전화 등

우리나라의 주요 수입품
- 원유, 전기 · 전자 기기, 반도체, 기계, 정보 · 통신 기기, 경공업 원료, 화학공업 원료, 소비재, 철금속, 식량 자원 등

1 수출과 수입에 대해 잘못 말한 사람은 누구인가요?

　① 유나 – 우리나라 물건은 값이 싸서 그런지 별로 안 좋은 것 같아.
　　외국 물건은 비싸니까 다 좋아 보여.
　② 준영 – 무조건 외국 것이 좋다고 수입품만 쓰다가는 우리의 것을
　　잃게 될 거야.
　③ 태리 – 수입은 우리나라 기술을 발전하게 하는 방법이기도 해. 우
　　리도 그 물건의 좋은 점을 배워야 하니까.
　④ 유미 – 텔레비전에서 보니까 외국 사람들이 우리나라에서 만든 것을
　　즐겨 사용한대. 수출에 좀 더 주력하면 많은 외화를 벌 수 있을 거야.

2 세계화 시대에서 수입품 사용은 피할 수 없는 일이 되었어요. 그렇다면
어떻게 해야 수입품 사용이 우리에게 도움이 될까요?

3 우리나라에서 만든 물건을 외국에 더 많이 수출하려면 어떤 노력을 해야
할까요?

저축 = 국력?

회사원인 양석이 누나는 월급으로 백만 원을 받는다. 하지만 외모에 관심이 많아 유행하는 옷과 구두, 가방을 즐겨 산다. 얼마 전 가방을 살 때는 돈이 모자라서 친구 주희에게 돈을 꾸기도 했다. 이제 월급을 받으면 신용카드 대금도 지불해야 하고, 친구에게 빌린 돈도 갚아야 한다. 그리고 필요한 것들도 사야 한다. 동생에게 약속한 용돈도 주어야 한다.

양석이 누나는 이번 달에도 저축을 못할 것이다.

예슬이 아버지는 중소기업 사장이다. 여러 기업들과의 거래로 요즘 들어 높은 이익을 얻는다. 하지만 예슬이 아버지는 혹시 돈이 새어 나가지 않을까 앉으나 서나 걱정이다. 그래서 은행에 돈을 꼭꼭 묶어 놓기로 마음먹었다. 돈을 일체 다른 사업에도 투자하지 않기로 했다. 시설도 바꾸지 않고, 직원 교육도 시키지 않는다. 많은 사람들이 일자리를 얻기 위해 찾아와도 예슬이 아버지는 저축해 놓은 돈이 줄어들까 봐 고개를 돌린다.

생각해 보기!

1 양석이 누나와 예슬이 아버지는 돈을 바람직하게 쓰고 있나요? 이 글을 보고 바르게 말한 사람은 누구인가요?

① 민용 – 예슬이 아버지는 돈을 쓰지 않고 있어. 직원 월급을 좀 미루더라도 나중에 큰 돈을 만들려면 그냥 계속 저축만 하는 게 좋아.

② 지은 – 우리 아버지도 직원과 회사에 투자하는 것보다 예슬이 아버지처럼 저축만 하는 것이 좋을 것 같은데.

③ 인성 – 양석이 누나는 저축하는 습관을 들여야 해. 경제 발전을 위해서는 쓰는 것도 중요하지만 모으는 것도 중요하니까.

④ 나라 – 양석이 누나는 적은 돈으로 생활하기 때문에 저축할 수 없는 거야.

2 양석이네 집과 예슬이네 집의 경제 활동 모습을 보고 여러분의 저축 습관은 어떤지 생각해 보세요.

3 여러분이 양석이나 예슬이가 되어 누나 혹은 아버지에게 해 주고 싶은 말을 적어 보세요.

① 양석이의 입장에서

② 예슬이의 입장에서

아르헨티나의 경제 문제

남미에 있는 아르헨티나는 목축업을 하는 대표적인 나라로 알려져 있다. 돼지와 소, 양 등을 길러 많은 외화를 벌어들여 한때는 넉넉한 나라 살림을 자랑했다. 하지만 사람들의 입맛과 식생활의 변화, 다른 나라의 달라진 산업화에 대해 관심을 갖지 않아 경쟁력이 떨어지기 시작했다. 게다가 국민의 과소비로 국가 부도의 위기까지 맞았다. 그래서 한때 아르헨티나의 물가 변화에 대해서 "빵 사러 갈 때와 빵을 사서 나올 때 가격이 다르다"고 말하기도 했다. 그만큼 물가가 불안했다는 말이다. 이렇게 되자 돈의 가치는 떨어지게 됐고, 불안한 사람들은 돈보다는 금이나 부동산을 가지려고 했다. 이런 일이 되풀이되다 보니 경제는 늘 어수선했다. 심지어 아르헨티나를 찾은 외국 관광객들은 '아르헨티나에서는 ㉠돈이 휴지조각보다 싸다'고 비꼬기도 했다.

이런 고난을 이겨내기 위해서는 모두의 노력이 필요했다. 아르헨티나는 외국인 투자를 끌어들이고, 숨겨진 자원과 국토를 최대한 활용하여 어려움을 이겨나갔다. 물론 국민들도 부지런히 일하고 씀씀이를 줄여 알찬 경제 생활을 했다고 한다.

생각해 보기

1 과거 아르헨티나에서 돈의 가치는 어떠했나요?

2 ㉠은 무슨 말일까요?

3 아르헨티나가 어려움을 극복하기 위해서 한 일은 무엇인가요?

홍길동의 고장에 가자!

전라남도 장성군 황룡면 아치실 마을에는 홍길동이 어려서 먹고 자랐다는 '길동샘'이 있다. 이것을 예전부터 전해 들은 장성군 사람은 이곳을 홍길동 관광지로 개발하면 좋은 문화 관광 자원이 될 것이라고 생각하여 군에 생각을 전했다.

장성 군수도 홍길동 마을에 관한 아이디어가 좋다고 생각하여 사업을 추진했다. 그리하여 홍길동 연구 전문가들과 주민들이 서로 만나 지식과

지역 특성을 모아 홍길동 마을을 만들게 되었다.

홍길동 축제는 홍길동이 실제로 있었던 인물이고, 출생지가 장성군이라는 사실이 알려지면서 큰 축제로 자리 잡게 되었다.

해마다 5월 장성군 황룡강 일대에서 열리는 홍길동 축제에는 지역 주민은 물론 전국에서 수많은 관광객이 몰린다.

축제의 행사 내용은 짚풀 공예, 홍길동 선발대회, 사물놀이, 뗏목 타기, 국악체험교실 등으로 관광객이 직접 참여하는 활동이 많다.

홍길동 축제가 장성군에 미치는 경제적 효과도 크다.

장성군은 근처에 백양사가 있어 해마다 100만 명 이상의 관광객이 찾아드는 고장이다. 여기에 홍길동 축제까지 즐길 수 있다면 얼마나 좋을 것인가? 실제로 지난 해에도 이렇게 다녀간 관광객이 많아 지역 경제 발전에도 크게 도움을 주었다고 한다.

홍길동은?
우리나라에서 가장 처음 나온 한글 소설 『홍길동전』의 주인공입니다. 홍길동은 신기한 재주를 가진 의적(가난한 사람을 도와주는 의로운 도둑)의 우두머리로, 장성군 아치실 마을에서 살았었다고 합니다.

1 홍길동 축제에 대해 바르게 말한 것은?

　① 홍길동이 태어난 곳은 서울이야.

　② 홍길동 축제는 홍길동이 가출했을 때 살았던 장성군에서 열려.

　③ 홍길동 축제는 관광객이 직접 체험해 보는 활동이 많아.

　④ 홍길동 축제를 찾는 사람은 모두 그의 부하들이야.

2 우리 고장 특색을 살펴보고, 어떤 관광지로 발전하면 좋을지 써 보세요.

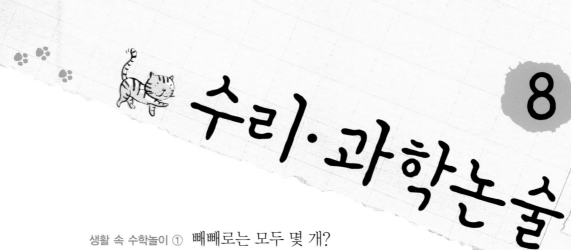

수리·과학논술

8

빼빼로는 모두 몇 개?

　　송희는 빼빼로 데이에 같은 반 남자 친구들에게 빼빼로를 한 상자씩 나눠 주었다. 전부 나눠 주고 나니 한 상자도 남지 않아 빼빼로를 먹고 싶은 마음에 송희는 짝꿍 노마에게 재밌는 게임을 해서 나눠 먹자고 설득했다. 노마가 좋아하는 가위바위보를 해서 진 사람이 가지고 있는 빼빼로의 절반을 이긴 사람에게 주기로 했다. 노마가 연속으로 네 번을 져서 결국 노마는 빼빼로 3개를, 송희는 45개를 먹게 되었다. 결국 노마는 눈물을 머금고 빼빼로를 송희에게 다시 돌려줘야 했다.

1 송희가 노마에게 준 빼빼로 한 상자에 들어 있던 빼빼로의 개수는 몇 개
   인가요?

   ① 45개

   ② 42개

   ③ 48개

   ④ 3개

2 송희와 노마가 '가위바위보'를 해서 질 수 있는 경우의 수를 구해 보세요.

3 송희와 노마가 똑같이 절반씩 나눠 먹으려면 가위바위보로 몇 번씩 지고
   이겨야 할까요?

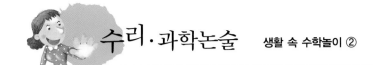

엘리베이터에 갇힌 정팔이를 구해 줘!

낮에 집에 혼자 있어야만 했던 정팔이는 엘리베이터를 타고 오르락내리락하는 놀이를 즐겨 했다. 엘리베이터에서 이웃들과 인사하고 친구들을 만나는 것이 재미있어서 만들어 낸 '엘리베이터 놀이'였다. 하루에 스무 번도 넘게 타는 엘리베이터는 정팔이의 가장 친한 친구였다.

그러던 어느 날 엘리베이터가 고장난 것이다. 처음에 10층 집에서 세 층을 올라간 후, 여섯 층을 내려오고, 다시 다섯 층을 올라간 후 일곱 층을 내려왔다. 그곳에서 친구 오정이를 만나 숙제를 하고 다시 집으로 올라갔다. 정팔이네 집에서 내리려고 하는데 엘리베이터 문이 고장난 것이다. 엘리베이터 문이 열리지도 않고 움직이지도 않았다. 경비실에 신고를 하려면 정팔이의 위치를 알아야 한다.

1 정팔이는 전부 몇 개의 층을 움직였나요?

2 정팔이네 집이 10층이라면, 오정이네 집은 몇 층일까요? 그림을 그려 가

며 풀어 보세요.

아르키메데스의 발견

　우리가 욕조에 들어가면 물이 왜 넘칠까? 무심코 지나쳤던 사실을 문제 삼아 이유를 찾아내려고 했던 아르키메데스는 이리저리 궁리하던 중 궁금증을 풀어냈다. 사소해 보이지만 생활 속에서부터 새로운 발견을 해내는 것은 원리를 풀어나가는 열쇠가 된다.

　아르키메데스의 넘치는 물에 대한 궁금증은 왕관의 금 무게를 알아내는 데에서 시작되었다. 그리스의 시라쿠사 히에론 왕의 승리를 축하하기 위

해 만든 왕관에 관한 이야기이다. 히에론 왕은 세공장들이 만들어 온 왕관 중에 보이지 않게 은이 섞여 있다는 소문을 듣고 그 안에 금의 무게가 얼마나 되는지 알고 싶었지만, 알아낼 방법이 없었다. 왕은 사실을 확인하고 싶지만 왕관을 부숴 안을 볼 수도 없어 고민하던 중에 아르키메데스에게 문제를 해결해 줄 것을 부탁했다.

"내 왕관에 은이 섞여 있다는 말이 들리는데, 그것을 확인해 주시오."

아르키메데스는 고민에 빠졌다. 아무리 생각해 보아도 실마리를 찾지 못하던 때에 잠시 쉬려고 대중 목욕탕에 갔다. 자신이 물 속으로 들어가자 욕조 밖으로 물이 넘쳐흘렀다. 그 모습을 무심히 바라만 보다가 왕관을 떠올렸다. 왕관을 물 속에 넣으면 그만큼의 물이 넘칠 것이고, 그 넘치는 물의 부피에서 금의 무게를 추리할 수 있을 것이라고 생각해 낸 것이다. '그

렇다면, 금관을 물 속에서 저울로 달아보고, 그 금관의 분량과 똑같은 순금 덩어리를 물 속에서 달아본다면 그 금관이 순금인지 가짜인지 알 수 있을 게 아닌가?

문제를 풀 수 있는 실마리를 알아낸 것이다. 아르키메데스는 왕관의 무게와 똑같은 순금 덩어리와 순은 덩어리를 준비한 다음 큰 그릇에 물을 넘치도록 채우고, 그 속에 순금 덩어리를 넣어서 흘러넘치는 물의 부피를 재었다.

'물 속에 들어가니 몸이 가벼워지는 것은 넘쳐흐르는 물과 관계가 있는 것이 아닐까?' 하는 생각으로 실험을 계속하여 아르키메데스는 아래와 같은 결론을 얻게 된 것이다.

"물 속의 물체는 그 '물체' 가 밀어낸 물의 무게만큼 가벼워진다."

아르키메데스는 생각지도 못했던 목욕탕에서 새로운 발견을 하고는 자신이 알몸인 것도 잊고 거리로 뛰쳐나가 외쳤다.

"유레카! 유레카!"

유레카는 '발견했다' 는 뜻이다. 그의 작은 발견은 후에 연구를 거쳐 부력의 원리를 해결해 내는 과학적 열쇠가 되었다. 이것이 아르키메데스의 원리(부력의 원리)이다.

1 우리가 욕조에 들어가면 왜 물이 넘칠까요?

2 부력의 원리를 보여 주는 예를 생활 속에서 찾아 써 보세요.

물에 뜨는 것과 가라앉는 것

다미가 가족들과 함께 유람선을 탔을 때였다. 많은 사람이 탄 큰 배는 무거워도 물 위에 뜨는데, 사람들이 던진 돌멩이는 가라앉는 것을 보았다. 돌멩이보다 배가 몇 만 배는 더 무거울 텐데 왜 배는 뜨고 돌멩이는 가라 앉는 것일까? 부력의 원리를 알아보자!!

〈실험 내용〉

① 투명한 수조, 사과, 자두, 계란, 굵은 소금, 물을 준비한다.

② 수조 안에 물을 채우고 준비한 사과와 자두, 계란을 넣는다.

③ 셋 중에서 어떤 것이 뜨고, 어떤 것이 가라앉는지 지켜본다.

④ 사과, 자두, 계란을 빼고 굵은 소금을 충분히 넣는다.

⑤ 사과, 자두, 계란을 다시 넣고, 소금을 넣기 전과 후의 결과를 비교해 본다.

1 사과, 자두, 계란 중에서 부력이 가장 큰 것은 무엇인가요?

2 소금을 넣는 이유는 무엇일까요?

107

어떤 말이 맞을까요?

'않' 과 '안'

① 나는 거짓말을 안 하겠어.
② 나는 거짓말을 않 하겠어.

올바른 쓰임은 ①번입니다.

'안'은 '아니'의 준말로, 뒤에 하다, 먹다, 가다, 오다 따위의 동작을 나타낸 말을 붙여 보아 뜻이 자연스러우면 써도 좋습니다. '않'은 '아니하'의 준말로, 뒤에 독립된 뜻을 가지지 못한 '~았다', '~겠다' 따위의 말이 옵니다.

'않' 과 '안'을 넣어 문장을 완성해 보세요.
① 할머니는 그곳에 가시지 ___ 았어.
② 넌 공부는 ___ 하고 놀기만 하니?

9

인물

인물 이야기 **콜럼버스**

한 걸음

바다를 꿈꾸는 소년

크리스토퍼 콜럼버스는 1451년 이탈리아의 항구 도시 제노바에서 태어났다. 콜럼버스의 부모님은 옷감 짜는 일을 했다. 그러나 콜럼버스는 그런 일에는 관심이 없었고, 어릴 적부터 바다를 바라보며 미지의 세계에 대한 상상으로 많은 시간을 보냈다. 그 무렵 콜럼버스는 수평선 너머에는 또 다른 세계가 있다는 소문을 듣게 되었고, 선원이 되어 아무도 가보지 않은 먼 세계로 나아가 보겠다고 생각했다. 그의 아버지도 콜럼버스의 뜻을 이해하고 선원이 되는 것을 도와주었다.

1 콜럼버스가 선원이 되기로 한 이유는 무엇인가요?

   ① 아버지가 배의 선장이었기 때문에 아버지의 일을 물려받기 위해

   ② 콜럼버스가 낚시를 좋아했기 때문에

   ③ 바다 너머에 있는 미지의 세계를 발견하기 위해

   ④ 옷감을 짜서 먼 나라에 팔기 위해

2 여러분의 장래 희망은 무엇인가요? 또, 그것을 이루기 위해 지금은 어떤
   노력을 하고 있나요?

꿈을 이루기 위한 노력

콜럼버스는 친척의 도움으로 견습 선원이 되어 바다를 여행하게 되었다. 막내 견습 선원이던 콜럼버스는 온갖 고생을 이겨내고 정식 선원이 되었다. 열심히 한 만큼 남들보다 뛰어났으며, 스물한 살 때는 작은 상선의 선장 자리에까지 올랐다. 스물다섯 살 때는 제노바 상선대의 선장이 되어 서부 유럽의 여러 나라와 무역을 하기 위해 귀중품들을 싣고 다녔다.

항해 도중 해적을 만난 콜럼버스는 바다에 뛰어들어 널빤지 하나에 몸을 의지한 채 정신을 잃기도 했으나 천만다행으로 포르투갈 남부 해안에 있는 라고스에서 한 어부의 도움을 받아 구사일생으로 목숨을 구했다.

콜럼버스는 포르투갈에서 동생 바르톨로메오와 함께 해도 제작소를 운영했다. 콜럼버스 형제의 해도는 리스본에서 제일 유명해졌고, 해도 제작으로 인해 많은 돈을 벌게 된 콜럼버스는 다시 항해를 꿈꾸게 되었다. 그는 탐험 목표를 아시아의 인도와 일본에 두고 동양에 관해 깊이 연구했다.

• **해도** : 바다의 상태를 자세히 적어 넣은 항해용 지도. 바다의 깊이, 바다 밑의 성질, 항로 표지 등이 자세히 나와 있다.
• **리스본** : 포르투갈의 수도이자 항구 도시로, 섬유 · 제지 · 담배 등의 공업이 활발하다.

1 구사일생은 무슨 뜻인가요?

  ① 구덩이 안에서 하나의 꽃이 피어난다.

  ② 죽을 고비를 아홉 번이나 넘기고 간신히 목숨을 건지다.

  ③ 9일 밤이 지나도록 기다린다.

  ④ 오래된 집에서 평생 동안 살아간다.

2 콜럼버스가 탐험의 목표를 아시아의 인도와 일본에 둔 이유는 무엇일지 생각해 보세요.

3 여러분에게 탐험의 기회가 주어진다면 어느 곳을, 어떤 이유로 탐험하고 싶은가요?

세 걸음

새로운 세계를 향하여

1492년 8월 3일, 많은 어려움을 겪은 콜럼버스는 스페인에서 미지의 세계를 향한 항해를 시작했다. 스페인의 이사벨라 여왕은 콜럼버스에게 칙서를 내려 그가 항해를 할 수 있도록 도와주었다. 칙서란, 임금이 특별히 내리는 명령이나 권한 따위를 적은 글을 말한다. 또한 이사벨라 여왕은 콜럼버스에게 새로운 세계를 발견할 경우에 대한 계약 조건을 제시했다.

-계약 조건-

1. 이 탐험이 성공하면, 콜럼버스에게 귀족 칭호를 준다.
2. 콜럼버스는 발견하는 땅의 총독이 된다.
3. 콜럼버스에게 그 땅에서 재판권을 행사할 권한을 부여한다.
4. 위의 권리, 명예, 칭호는 자손 대대로 이어간다.

-스페인 이사벨라 여왕

그러나 콜럼버스는 여기에 만족하지 않고 새로운 땅에서 얻어지는 모든 이익금 중 10분의 1을 자신에게 달라고 요구했다. 그는 그 이익금을 이슬람교도들에게 짓밟힌 그리스도교 성지 예루살렘을 다시 찾는 데 쓰려고 했다. 여왕은 콜럼버스의 요구를 받아들였다. 그리하여 콜럼버스의 신대륙 항해가 시작되었다.

1 콜럼버스가 새로운 세계에서 얻는 이익금 중 10분의 1을 자신에게 달라고 요구한 이유는 무엇인가요?

① 돈을 많이 벌어서 자신의 자손들에게 물려주기 위해서
② 커다란 배를 사서 항해를 하기 위해서
③ 여왕이 사는 궁전보다 더 큰 궁전을 짓기 위해서
④ 이슬람교도들에게 짓밟힌 성지 예루살렘을 다시 찾기 위해서

2 지금 우리는 민주주의 사회에서 살아가지만 콜럼버스가 살던 시대는 중세 유럽의 봉건 시대로 계급 사회였어요. 계급 사회는 어떤 사회인지, 또 문제점은 무엇인지 조사해 보세요.

3 이사벨라 여왕이 콜럼버스에게 제시한 계약 조건 중에서 계급 사회의 문제점을 보여 주는 항목을 찾아 밑줄을 그어 보세요.

네 걸음

육지의 발견

항해를 시작한 콜럼버스 일행은 역풍을 만나 섬 주위를 헤매기도 하고 배가 고장나기도 하는 등 어려움을 겪었다. 카나리아 제도를 벗어난 콜럼버스 일행은 끝없는 바다에서 불안과 공포를 느끼게 되었고, 선원들의 입에서는 불평 불만이 터져 나왔다. 어느 날 갑자기 나침반의 바늘이 북서쪽으로 기울어져 선원들은 바다 괴물의 짓이라고 생각했지만, 콜럼버스는 침착하게 선원들을 진정시키며 말했다.

"조금도 염려할 것 없다. 모두 제 자리로 돌아가라! 이것은 자연 현상에 불과한 일이다."

당당한 콜럼버스의 모습에 선원들의 태도는 누그러졌지만 그들은 바다 생활이 따분하여 견딜 수가 없었다. 콜럼버스는 집으로 돌아가려고 하는 선원들에게, 사흘 안에 육지를 발견하지 못할 경우에는 탐험 계획을 포기하고 그들의 뜻에 따르겠다고 약속했다.

10월 13일, 10시가 넘어 약속한 시간이 얼마 남지 않은 콜럼버스는 갑판 위에서 바람을 맞고 있었다. 그 순간 불빛을 보았고, 어리둥절해하는 사이에 선원인 트리아니가 육지를 발견했다. 콜럼버스는 뜨거운 눈물을 흘리며 육지로 올라갔다.

• **역풍** : 거슬러서 부는 바람.

1 험난한 항해로 인해 선원들의 불평 불만이 늘어나자 콜럼버스는 선원들에게 어떻게 했나요?

　① 선원들을 진정시키고 사흘 안에 육지를 발견할 것이라고 약속하며 타일렀다.

　② 집에 가고 싶은 사람들은 지금 당장 돌아가라고 명령했다.

　③ 선원들의 반발이 두려워서 황금 보화를 찾을 것이라고 거짓말을 했다.

　④ 선원들의 말을 듣고 항해를 그만두었다.

2 콜럼버스는 간절히 바라고 노력한 끝에 신대륙을 발견하고 눈물을 흘렸어요. 여러분도 간절히 바라고 노력한 적이 있나요? 어떤 일이었는지 말해 보세요.

3 자신이 세운 목표를 향해 나아가다가 어려움을 만났을 때는 어떤 마음 자세를 가져야 할까요?

다섯 걸음

대양의 제독 콜럼버스의 꿈

콜럼버스는 육지에 도착하여 왕실의 깃발을 해변 모래밭에 꽂은 뒤 스페인의 땅임을 선언했다. 그리고 원주민들과 친해지려고 노력했다. 콜럼버스는 그 뒤에 계속된 항해에서도 여러 섬들을 발견하고 그 섬을 스페인의 식민지로 삼았다. 여러 공로를 쌓은 콜럼버스는 스페인의 여왕에게서 '대양의 제독' 이라는 칭호를 받았다. 그러나 식민지로 삼은 섬에서 백인들이 원주민들을 학대하여 원주민들의 반란이 일어나 많은 목숨을 잃게 되었다.

콜럼버스는 새로운 식민지를 찾아 스페인 여왕의 이름을 따라 '이사벨라' 라는 도시를 세웠다. 그곳에 수백 채의 집과 교회를 짓고 병원을 지어 사람들이 살 수 있도록 했다. 그러나 전염병이 돌아 새로운 식민지에서도 사람들이 살 수 없게 되자 콜럼버스는 그곳 주민들을 스페인으로 돌려보낸 뒤, 다시 용기를 내어 쿠바 섬을 탐험하기로 하지만 귀족의 음모와 병으로 인해 새로운 세계로의 탐험은 하지 못했다.

1502년 5월 19일, 쉰다섯 살의 콜럼버스는 자신의 죽음이 다가오는 것을 느끼고 동생들과 아들을 불러 유언을 했다. 그것은 바로 자신의 뒤를 이어 그가 못다 한 일들을 해 주기를 바라는 것이었다. 다음 날 콜럼버스는 하늘나라로 떠났다.

1 새로운 세계의 발견으로 콜럼버스가 여왕에게 받은 칭호는 무엇인가요?

① 이사벨라

② 대양의 제독

③ 바다의 왕자

④ 스페인의 영웅

2 콜럼버스의 유언에 담겨 있는 의미는 무엇인가요?

3 여러분이 콜럼버스처럼 새로운 세계를 발견한다면 어떤 나라를 세우고 싶
은지 써 보세요.

어떤 말이 맞을까요?

'가게' 와 '가계'

① 철이는 글쎄 떡볶이 가게를 그냥 지나치지 못 한대.
② 철이는 글쎄 떡볶이 가계를 그냥 지나치지 못 한대.

올바른 쓰임은 ①번입니다.

'가게' 는 물건을 파는 집을 말하고, '가계' 는 집안의 살림살이를 말합니다. 다시 말해 사탕이나 옷 등의 물건을 파는 집을 말할 때는 '가게' 라는 말을 써야 합니다.

'가게' 와 '가계' 를 넣어 문장을 완성해 보세요.
① 민지야, _____ 에 가서 아이스크림을 사오너라.
② 채소를 팔아서 대가족의 _____ 를 꾸려가기가 좀 벅차다.

정답 : ① 가게 ② 가계

120

사회와 역사

그때 그때 달라요!

시대별 인구 정책 관련 표어

시대	표어
1960년대	'알맞게 낳아서 훌륭하게 기르자' '많이 낳아 고생 말고 적게 낳아 잘 키우자' '덮어 놓고 낳다 보면 거지꼴을 못 면한다'
1970년대	'딸, 아들 구별 말고 둘만 낳아 잘 기르자' '하루 앞선 가족계획 십 년 앞선 생활 안정' '잘 키운 딸 하나 열 아들 안 부럽다'
1980년대	'둘도 많다' '하나 낳고 알뜰살뜰' '하나만 낳아도 삼천리는 초만원' '여보! 우리도 하나만 낳읍시다'
1990년대	'선생님! 착한 일하면 여자 짝꿍 시켜주나요?'
2000년대	(저출산 대응 인구 정책 표어 공모전 입상작) '아빠! 혼자는 싫어요. 엄마! 저도 동생을 갖고 싶어요' '하나의 촛불보다는 여러 개의 촛불이 더 밝습니다' '자녀에게 물려줄 최고의 유산은 형제입니다'

1 이 표어를 보고 어린이들이 생각을 말했어요. 적절하지 못한 것을 고르세요.

① 유리 – 1960년대에는 출산율이 너무 높아서 문제였어.

② 다미 – 1970년대에는 남아선호사상을 없애려고 노력했던 것 같아.

③ 경수 – 1980년대의 저출산 문제가 지금까지 이어졌어.

④ 민정 – 2000년대부터 자녀가 한 명인 가정이 급격히 늘었어.

2 다음 대화를 읽고, 누구의 의견이 맞는지 말해 보세요. 그 이유는 무엇인가요?

• 인구가 많으면 좋은 걸까?

유리 : 인구가 많으면 먹고 살아야 할 사람 수가 많기 때문에 경제 발전 속도가 느려질 거야. 그러면 선진국이 되는 데도 오랜 시간이 걸릴 걸.

민수 : 인구가 많으면 생산량이 늘어나게 되고, 그만큼 소비량도 증가하게 될 거야. 그러면 자연스럽게 경제가 발전할 걸.

① 내가 맞다고 생각하는 의견

② 이유

고령화 사회와 노인 문제

'빈 둥지 증후군'에 시달리는 할머니, 할아버지들이 늘고 있다. 빈 둥지 증후군이란 자녀들이 취직을 하거나 결혼을 하여 부모의 곁을 떠났을 때 부모들이 우울증을 느끼는 것을 말한다.

65세 이상의 인구가 총 인구의 7% 이상인 사회를 '고령화 사회'라고 하는데, 우리나라는 2000년대에 이미 고령화 사회로 들어섰다. 늘어난 노인 인구에 비해 우리나라의 노인 복지는 부족한 실정이다.

할머니, 할아버지들은 일자리가 마땅치 않아 일을 하고 싶어도 하지 못하는 경우가 많다. 또한 자녀들 역시 정성을 다하는 효도가 아니라, 경제적으로 풍요로운 것만이 효도라고 생각하여 외로움을 호소하는 노인들의 수가 점점 늘고 있다.

이러한 노인 문제를 해결하기 위해서는 노인들에게 적절한 일자리를 마련해 주는 것이 시급하다. 노동을 통해 즐거움을 느끼게 해 드려야 한다. 또한 젊은이들은 노인들을 공경하고, 존중해야 한다.

• **시급하다** : 시각을 다툴 만큼 몹시 절박하고 급하다.

생각해 보기

1 고령화 사회에 대한 어린이들이 의견 중 적절하지 못한 것을 고르세요.

　① 지태 – 우리나라는 고령화 사회에 들어서 있기 때문에 노인 문제에
　　관심을 가져야 해.

　② 수미 – 노인 분들은 몸이 약하니까 집에서 쉬시는 게 좋을 것 같아.

　③ 민정 – 일하고 싶은 노인 분들에게는 일자리를 마련해 줘야 해.

　④ 유리 – 자녀들은 부모님을 자주 찾아뵙고, 마음을 담은 효도를 해
　　야 해.

2 '빈 둥지 증후군' 이란 무엇인가요? 왜 그러한 이름을 붙였을까요?

3 여러분이 할아버지, 할머니께 해 드릴 수 있는 효도에는 어떤 것이 있을
까요?

로자 파크스의 용기

"백인에게 자리를 양보하라!"

"싫다!"

1955년 12월 1일 미국 몽고메리 시내를 달리던 버스 안에서 버스 기사와 흑인 여성의 말다툼이 일어났다. 일을 마치고 집으로 돌아가기 위해 버스에 올라 자리에 앉은 로자 파크스에게 버스 기사가 백인을 위해 뒷자리로 갈 것을 요구한 것이다. 당시 인종분리법에 따라 버스의 경우 앞의 네 줄까지는 백인 자리로 정해져 있었기 때문이다. 만약 백인이 더 많이 탈 경우에는 흑인이 뒷자리까지 양보해야 했다. 버스만 그런 것이 아니라 학교, 터미널, 공공 화장실 등 모든 공공 장소에서 백인과 흑인의 차별이 당연한 듯 여겨지고 있었다.

하지만 로자 파크스는 자리에서 일어나지 않고 "NO!"라고 외쳤다. 결국 그녀는 인종분리법 위반으로 경찰에 체포되어 벌금을 내야 했다. 그러나 그녀로부터 시작된 용기의 외침은 이 도시에 살고 있던 흑인들의 마음을 움직였다. 흑인들은 인종 차별과 분리에 맞서 12월 5일부터 다음 해 11월까지 버스 보이콧 운동(버스 승차 거부 운동)을 실시했다.

그들은 자가용을 가진 흑인들과 함께 차를 타거나, 흑인이 운전하는 택시를 타고 출근했다. 그리고 대부분의 사람들이 30km 이상을 걸어서 일터에 나갔다.

이 기간에 많은 흑인들이 백인들에게 폭행을 당했고, 체포되기도 했다. 또한 흑인들의 교회와 집에서 폭발물이 터지기도 했다. 하지만 흑인들은 의지를 굽히지 않았다. 1956년 12월 13일 마침내 대법원은 버스의 인종 분리가 불법이라는 판결을 내렸고, 12월 20일 버스 보이콧 운동은 승리로 막을 내렸다.

로자 파크스(1913~2005)

미국의 민권 운동가로 "현대 민권 운동의 어머니"라 불린다. 1955년 12월 몽고메리 버스 보이콧 사건으로 흑인들의 인권 운동이 시작되었고, 후에 마틴 루터 킹 목사 등이 참여하였다. 재봉사로 일하던 로자 파크스 여사는 이 사건 이후 민권 운동에 힘쓰며 많은 연설을 했다. 또, 자서전 『로자 파크스 : 나의 이야기』와 회고록 『조용한 힘』을 썼다.

1 '버스 보이콧 운동'에 대해 사실과 다른 의견을 고르세요.

　① 현지 – 로자 파크스 여사의 용기 있는 행동에서 비롯되었어.

　② 관호 – 당시의 인종분리법에 반대한 인권 운동이었어.

　③ 지수 – 버스 기사의 불친절 때문에 버스 보이콧 운동이 일어났어.

　④ 재현 – 버스 안에 백인과 흑인 좌석이 구별된 것을 없애고자 했어.

2 흑인들은 버스 보이콧 운동을 어떤 방법으로 했나요?

3 '로자 파크스' 여사의 행동에 대해 어떻게 생각하나요? 여러분의 생각을
　말해 보세요.

생각 넓히기

여러분이 만약 피부색이나 성별, 나이 때문에 차별을 받는다면 그 어려움을
이겨내기 위해 어떤 노력을 하겠나요?

환경에 따라 피부색이 달라진다!

지호 : 은지야, 사람의 피부색이 사는 지역과 환경에 따라 결정된다는 걸 알고 있었니?

은지 : 정말? 나는 피부색이 단지 유전이라고만 생각했는데, 아니었구나.

지호 : 응. 물론 피부색은 유전적인 영향을 많이 받지만 우리가 사는 환경에 따라 달라질 수 있는 거래.

은지 : 그렇구나. 여름에 우리 피부가 햇볕에 타는 것처럼?

지호 : 응. 뜨거운 햇볕으로부터 피부를 보호하기 위해 몸에서 멜라닌 색소를 만들어 내서 그런 거래.

은지 : 멜라닌? 그게 뭔데?

지호 : 멜라닌은 자외선으로부터 우리의 피부를 보호해 주는 색소야.

은지 : 그럼 멜라닌의 양이 많으면 자외선을 많이 차단할 수 있는 거야?

지호 : 그렇지. 그래서 적도 근처의 더운 지역에서는 멜라닌의 양을 많이 가진 검은 피부의 사람들이 사는 거야.

은지 : 피부색은 지역과 환경에 따른 변화일 뿐인데…. 사람들이 피부색에 대해 이상한 편견을 가지고 있는 거구나.

지호 : 맞아. 나도 그렇게 생각해. 피부색이 그 사람의 모든 것을 말해 줄 수는 없는 거지.

1 사람의 피부색에 대한 의견으로 옳지 않은 것을 고르세요.

　① 사람의 피부색은 지역과 환경에 따라 결정된다.

　② 피부 표면에 있는 멜라닌 색소의 양에 따라 피부색이 달라진다.

　③ 더운 기후의 지역에서는 검은 피부의 사람들을 많이 볼 수 있다.

　④ 멜라닌의 양이 많을수록 피부색이 하얗다.

2 우리가 '살색'이라고 부르던 옅은 주황색의 이름이 '살구색'으로 바뀌었
어요. 그 이유는 무엇일까요?

3 다음은 흑인 인권 운동가 '마틴 루터 킹' 목사의 연설의 한 부분이에요.
이 말의 의미는 무엇일까요?

> 나에게는 꿈이 있습니다.
> 어느 날, 내 아이가 내가 겪었던 젊은 시절과 같은 일을
> 겪지 않고, 또 그들이 피부색 대신 인격을 기준으로 평가
> 를 하고, 평가를 받게 되는 꿈입니다.

전쟁 이후 북한의 모습

북한은 왜 이렇게 가난할까?

1960년대에서 1970년대까지는 북한은 남한보다 더 잘 살았다. 6·25 전쟁이 끝난 뒤 북한은 남한보다 훨씬 피해가 적었고, 지하자원도 풍부했기 때문이다.

북한에서는 모든 사람들에게 똑같이 식량과 의복을 나누어 주었다. 일을 많이 한 사람과 적게 한 사람에게 똑같은 양의 물건을 나누어 주다 보니 북한 주민들은 일을 해야 한다는 의욕이 커질 리 없었다.

그리하여, 사람들은 점점 열심히 일하지 않게 되었고, 생산량도 점점 줄게 되었다.

그렇게 시간이 흘러 북한의 발달은 남한의 발달보다 뒤쳐지게 된 것이다.

• 생산량 : 일정 기간 동안 물건이 만들어진 총량.

주목! 주목!

동족상잔(같은 겨레끼리 싸움)의 비극 6·25 전쟁
6·25 전쟁은 1950년 6월 25일 새벽, 북한의 공산군이 남북의 군사 분계선인 38선을 불법으로 넘어 남한을 침략하면서 시작되었어요. 6·25 전쟁은 북한이 남한의 공산화를 위해 일으킨 침략 전쟁입니다. 남과 북이 가진 생각이 달라서 일어난 전쟁이라고도 볼 수 있지요.

북한 친구들은 어떻게 지낼까?

북한에서는 초등학교를 소학교라고 한다. 우리는 초등학교를 6년 동안 다녀야 하지만 북한의 소학교는 그보다 짧게 4년을 다닌다. 학교에서는 국어, 영어, 수학, 자연, 음악, 미술, 체육 등을 배운다. 그와 더불어 김일성과 김정일의 어린 시절을 다룬 교과서로 수업하는 특수 교과목 시간도 있다.

원칙적으로 북한 학생들의 학용품은 모두 국가에서 나누어 주게 되어 있다. 하지만 최근의 북한 경제는 매우 어렵다. 그래서 지금은 입학식 때 나눠 주는 몇 가지 학용품에 만족해야 한다. 그렇기 때문에 북한 학생들은 학용품을 많이 아껴 쓰는 편이다.

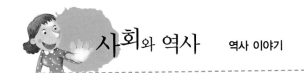

다음은 남한 학생 '유미'와 북한 학생 '수길'이가 쓴 일기입니다. 읽고 물음에 답하세요.

유미의 일기

청소 시간에 교실 바닥에서 연필 세 자루를 주웠다. 세 자루의 연필은 거의 새 것이나 마찬가지였다. 나는 아이들을 향해 소리쳤다.

"이 연필 주인? 이거 누구 거야?"

몇몇 아이들이 나를 바라보았다. 하지만 아이들은 곧 고개를 돌렸고, 연필 주인은 찾을 수 없었다. 나는 연필 세 자루를 '주인님을 찾아 주세요!'라는 분실물 통에 넣어 두었다. 그런데 오늘 청소 시간에 분실물 통을 열어 보니 그 연필 세 자루가 그대로 들어 있는 것이 아닌가. 세 자루의 연필뿐 아니라 분실물 통에는 다른 학용품들도 많이 있었다. 연필의 주인은 정말 없는 걸까? 하긴 요즘에는 연필보다 샤프를 더 많이 쓴다. 또 색색의 볼펜들이 인형 모양의 필통에 가득 차 있으니 새 연필이라고 해도 아이들이 별 관심을 갖지 않는 게 당연한 일일지도 모른다.

한번은 나도 새로 나온 샤프가 갖고 싶어서 쓰던 샤프를 쓰레기통에 몰래 버린 적이 있었다. 멀쩡한 것이었는데, 내가 왜 그랬는지 모르겠다. 결국 엄마가 새로 나온 샤프를 사 주셨지만, 그 샤프도 금방 잃어버리고 지금은 또 다른 것을 쓰고 있다. 앞으로는 잃어버리지 않게 조심해야겠다.

수길이의 일기

오늘부터 새 학기가 시작되었다. 그런데 첫날부터 지각을 했다. 어제 형님께 물려받은 필통 때문이다. 없던 필통이 생겨서 내가 잠깐 넋을 놓았나 보다. 그동안은 그냥 책보자기에 필기구를 싸서 다니느라 불편했는데, 필통이 생겨서 기분이 좋았던 것이다. 필통에 넣을 펜은 한 자루밖에 없지만, 그래도 나는 신이 났다. 필통을 가진 아이들이 몇 안 되기 때문이다.

하지만 그 바람에 먹을 갈아 두는 걸 깜박 잊은 채 잠이 들었다. 그래서 오늘 아침에 먹을 갈다가 지각을 한 것이다. 급하게 먹을 갈다가 결국 옷에 먹물을 묻힌 채 학교에 갔다. 먹을 급하게 갈아서인지 펜촉에 먹물이 오래 가지 않아 자주 먹물을 찍어야 했다.

앞으로는 꼭 전날 밤에 미리 먹을 갈고 자야겠다.

생각해 보기!

1 6·25전쟁에 대한 설명이 아닌 것을 고르세요.

　① 남한이 영토 확장을 위해 일으킨 전쟁이다.

　② 한 민족 간의 서로 다른 이념적 (생각) 갈등이 불러온 전쟁이다.

　③ 북한의 공산군이 38선을 불법으로 넘은 침략 전쟁이다.

　④ 북한이 남한의 공산화를 위해 일으킨 전쟁이다.

2 사람마다 가진 생각이 다르다고 싸움이 일어난다면 우리 사회는 어떻게 될까요?

• 이념 : 완전하다고 여겨지는 생각이나 견해.

3 두 학생의 일기를 읽고, 적절하게 말한 것을 고르세요.

　① 기원 – 북한의 어린이들에게 더 많은 학용품이 지급되었으면 좋겠어.

　② 효선 – 수길이는 절약하는 법을 더 배워야 할 것 같아.

　③ 보람 – 유미의 생활 습관을 배워야겠어.

　④ 소민 – 남한과 북한의 생활은 거의 차이가 없어.

4 남북한 어린이들의 생활 습관은 어떠한가요? 그 차이를 말해 보세요.

5 북한 어린이들과 함께 공부할 날이 올 수 있을까요? 평화 통일에 대한 여러분의 생각을 말해 보세요.

함께신문

제1호 20판　　　　　　　　　　　　　2000년 0월 0일 0요일 **3**

동물 학대는 그만!

모피 반대 시위 확산

　　겨울철에 사람들이 즐겨 입는 모피가 동물보호협회의 비난을 받고 있다. 모피를 만드는 과정에서 동물들이 학대를 당하기 때문이다. 매년 4,000만 마리의 동물들이 모피를 생산하는 데에 희생되고 있다. 그 중 1,000만 마리의 동물들이 덫에 걸려 잡히고 3,000만 마리는 사육되고 있다.

　　밍크 코트 한 벌을 위해 240마리의 밍크가 희생된다고 동물보호협회는 전했다. 밍크는 하루의 3분의 2를 바다에서 생활하는 동물이다. 그런데 사람들은 단지 모피를 얻기 위해 이 밍크들을 라면 상자 크기의 우리에 가둬 키운다. 여우 역시 마찬가지다. 이는 야생에서 살아갈 때와 비교해 400만 배나 작은 공간에 갇혀 있기 때문에 스트레스로 스스로를 학대해 몸 상태는 더욱 상하게 된다. 그러나 모피 공장 사람들은 상처가 없는 가죽을 얻기 위해 살아있는 동물의 가죽을 벗기는 등 더 잔인한 방법도 서슴지 않는다.

　　전 세계의 동물 애호가들은 모피 제작과 착용을 반대하는 시위를 벌이고 있다. 우리나라 역시 동물보호협회 회원들이 길거리에서 모피 반대 캠페인을 벌이는 등 시민들의 참여를 기다리고 있다.

1 모피 반대에 대한 의견으로 적절하지 못한 내용을 고르세요.

① 진호 – 인간의 욕심으로 동물들이 죽어간다고 생각하니 너무 안타까워.

② 소민 – 자연에서 모피를 얻는 것이 아니라, 인위적인 사육을 통해 얻는 것은 잘못되었다고 봐.

③ 영주 – 동물들을 학대하는 행위는 일어나선 안 돼.

④ 현지 – 인간들에게 필요한 것이라면 그 과정이 어떻든 상관없어.

2 사람들이 모피를 만들어 입는 것에 대해 여러분은 어떻게 생각하는지 이유와 함께 말하세요.

3 동물을 길러 보거나, 동물에 대한 특별한 경험이 있다면 소개해 보세요.

다음은 지선이와 수호의 대화입니다.

지선 : 수호야, 요즘 유기견의 수가 늘어나고 있대.

수호 : 응. 키우다 싫증나서 버리거나, 주인의 부주의로 잃어버리는 경우가 많기 때문이야.

지선 : 유기견들이 도시 환경을 더럽히고, 사람들에게 병원균을 옮기는 피해를 줄 수 있어 더 문제가 된다는데…….

수호 : 그 유기견들은 어떻게 되는 걸까?

지선 : 대부분 유기견 보호소로 가게 되지. 하지만 다시 새로운 주인을 만나는 경우는 드물대.

수호 : 너무 불쌍하다. 동물을 한번 가족으로 받아들였으면 끝까지 책임을 져야 한다고 생각해.

지선 : 맞아. 그리고 개와 고양이 같이 사람과 더불어 살아가는 동물들을 반려동물이라고 한대.

수호 : 나도 들었어. 동물이 인간에게 주는 여러 가지 혜택을 존중하고, 애완동물은 장난감이 아니라는 뜻을 담아 가족이란 의미로 반려동물이라고 하는 거래.

지선 : 그럼, 유기견의 수를 줄이려면 어떻게 해야 할까?

수호 : 애완견 등록제를 의무화하고, 개와 함께 외출할 때는 목줄을 채워서 잃어버리지 않게 해야 해.

지선 : 그런 방법이 있구나. 무엇보다 동물을 가족으로 받아들인 이상 끝까지 함께 해야 한다는 마음을 갖는 게 가장 중요하지.

1 '반려동물'에 대한 의견으로 적절한 것을 고르세요.

　① 장난감처럼 인간에게 즐거움을 주기 위한 동물을 말한다.

　② 버려진 개나 떠돌이 개를 말한다.

　③ 가족이라는 의미를 가진다.

　④ 동물은 인간과 함께 살 수 없다는 의미이다.

2 유기견을 줄이기 위한 방안을 세 가지 적어 보세요.

　① _____

　② _____

　③ _____

3 동물이 인간과 가족이 될 수 있다고 생각하나요? 여러분의 생각을 말해 보세요.

아름다운 나눔 '기부'

기부는 자신의 가치 기준이나 신념에 따라 다른 사람을 돕기 위해 무언가를 베푸는 자선 행위다. 다음의 세 가지 기사를 통해 기부의 과정에서 제일 중요한 것이 무엇인지 생각해 보자.

- 세계 최고 부자 빌 게이츠의 기부

　마이크로소프트 회장으로 세계 최고 부자인 빌 게이츠는 미국에서는 기업인이라기보다 자선사업가로 더 많은 활약을 하고 있다. 그가 부인 멜린다 게이츠와 세운 '빌&멜린다 게이츠 재단'의 현재 기금은 320억 달러에 이른다. 이 재단은 아프리카의 에이즈 · 말라리아 · 결핵 퇴치에 앞장서 70만 명 이상의 생명을 구했다. 이들 부부는 특히 과학적이고 창의적인 방법으로 자선사업을 펼치며 기부 문화의 틀을 바꾸고 있는 것으로 평가되고 있다.

- 파지 줍는 여든 살 할머니의 기부

　여든 살의 정○○ 할머니는 이십 년간 손수레를 끌며 파지를 모아 판 돈

• 신념 : 굳게 믿는 마음.
• 자선 : 남을 불쌍히 여겨 도와줌.
• 파지 : 못 쓰게 된 종이.

으로 지체 장애인들에게 700만 원을 전달했다. 할머니는 흰 봉투를 쑥스러운 듯 겨우 내밀며 작은 목소리로 "팔, 다리 없는 장애인들을 불쌍히 여겨 왔다"며 그들을 위해 써 달라고 했다. 봉투 안에는 700만 원이 들어 있었다.

할머니는 매일 오전 7시면 어김없이 파지를 모으기 위해 손수레를 끌고 집을 나선다. 손수레로 마을에서 가까운 시장을 몇 바퀴 돌면서 손수레 하나를 가득 채우면 고물상으로 향한다. 벌써 20년째 이어지는 일과이다. 할머니는 신경통으로 다리를 절룩이며 손수레를 끌면서도 남을 도울 수 있어 행복하다고 말했다.

– 졸업생들의 교복 기부

2002년부터 교복 물려주기 운동을 하고 있는 ○○중학교는 올해도 졸업생 500명이 신입생들을 위해 자신들이 입었던 교복을 기부했다. 졸업생들은 "한 벌에 20만~30만 원짜리 교복은 가정에 큰 부담이 된다"면서 "비록 헌 교복이긴 하지만, 후배들이 이 교복을 입고 열심히 공부했으면 좋겠다"고 말했다.

함께신문

1 '기부'에 대한 의견으로 옳은 것을 고르세요.

   ① 기부는 자신의 이익을 위해 하는 것이다.

   ② 기부는 부자들만 하는 것이다.

   ③ 기부는 '돈'으로만 하는 것이다.

   ④ 기부는 자선 행위로, 아무런 대가 없이 이루어진다.

2 세 가지 기사의 기부 내용을 정리해 보세요.

기부자	(①)	여든 살 할머니	졸업생
기부 물건	약 30조 원	700만 원	(②)
기부 내용	아프리카의 전염병 퇴치 지원금으로 납부	(③)	신입생에게 교복을 물려줌

3 만약 여러분이 기부를 한다면, 어떤 것을 누구에게 주고 싶은가요?

4 기부할 때 가장 중요한 것은 무엇일까요? 그 이유는 무엇인가요?

문화논술

렘브란트의 자화상

렘브란트(1606~1669)

렘브란트는 네덜란드의 위대한 화가로, 75점 이상의 자화상을 남긴 것으로 유명하다.

아버지가 원하는 대로 라틴어 학교를 거쳐 라틴어 대학에 들어갔으나, 렘브란트는 화가의 꿈을 버리지 못하고 몇 달만에 학교를 그만두었다. 15세에 스와넨브르흐에게 미술수업을 들었고, 그 뒤에 암스테르담에서 라스트망에게 그림을 좀 더 배웠다. 26세부터 화가로 이름을 날리기 시작하여 28세에는 사스키아와 결혼했으며, 당시의 미술 세계 시장이라고 할 수 있는 암스테르담에서 최고의 초상화가로 이름을 얻었다.

그러나 그의 그림이 깊어짐에 따라 기독교적이거나 신화적인 그림, 자화상이 많아졌는데 사람들이 그의 그림을 이해하지 못하여 외면당하게 되자 생활이 어려워졌다. 하지만 그는 부지런히 그림을 그렸다. 부유한 방앗간 집 아들로 모자람 없이 살던 어렸을 적 모습에서, 부인이 죽은 뒤 빚더미에 올라 초라한 노년의 모습까지 찬찬히 자화상에 옮겼다.

렘브란트는 아들 티투스와, 재혼한 부인 헨드리케 덕분에 마음의 안정은 찾았으나 살림은 더욱 어려워져 파산선고를 하기에 이르렀다. 1662년에는 아내 헨드리케가 죽고, 6년 뒤에는 외동 아들 티투스마저 죽자, 이듬해에 아무도 없는 초라한 집에서 쓸쓸히 죽었다.

렘브란트는 레오나르도 다 빈치와 함께 회화 역사상 가장 중요한 화가로 손꼽히고 있으며, 그의 작품은 매우 다양하여 종교화, 신화화, 초상화, 풍경화, 풍속화 등 모든 종류에 걸쳐 있다. 오늘날 그를 가리켜 '혼의 화가', '명암의 화가'라고 일컫는다.

렘브란트의 작품은 자신의 얼굴을 그린 자화상이 많다. 그는 쓸쓸하고 가난한 자신의 모습조차도 굳이 감추려 하지 않았다. 거울에 비친 자신의 모습을 아주 진실하게 관찰하고 성실하게 그렸다. 또한 그는 자화상을 통해 스스로의 화풍을 시험하고자 했다.

주요 작품은 〈자화상〉 〈창가에 앉은 소녀〉 〈토론하는 두 철학자〉 〈성가정〉 〈엠마오의 그리스도〉 〈십자가 강하〉 〈병자를 고치는 그리스도〉 등이 있다.

• **자화상** : 자기가 자신의 모습을 그린 그림.
• **화풍** : 그림의 경향, 또는 특징.

자화상

박혜선

숙제하는 나를 물끄러미 바라보는 컴퓨터

그 속에 내가 있고

나와 함께 밖에 나가고 싶은 축구공

그 속에도 내가 있고

수학 문제집 그 속에도

찡그린 내가 있다

학원 가방 들고 바쁘게 지나쳤던

문방구 오락기 앞에도 내가 있고

군침 삼키며 지나쳤던

분식집 앞에도 내가 서 있다

늦은 밤

일기장을 펼치면

컴퓨터 속에 있던 내가

축구공과 함께 있던 내가

조각조각 살아난다

문방구 앞을 기웃거리던 내가

분식집 앞을 서성이던 내가

모자이크 된 얼굴로

일기장 밖 나를 빤히 본다.

1 렘브란트에 대한 설명으로 바르지 못한 것은 무엇인가요?

   ① 네덜란드의 화가로 주로 자신의 얼굴을 많이 그렸다.

   ② 솔직한 자신의 모습을 그대로 그리려고 노력했다.

   ③ 평생 부자로 살다 보니 그림에서 여유로움이 느껴진다.

   ④ 많은 시련을 겪은 만큼 그의 그림에서는 깊이가 느껴진다.

2 자화상을 그릴 때 주의할 점은 무엇일까요?

3 우리나라에는 자화상이 있을까요? 있다면 한 작품을 골라 소개해 보세요.

4 화가는 그림을 통해 자신의 모습을 보여 주었고, 시인은 시를 통해 자신의 모습을 나타냈어요. 여러분이 자신의 모습을 나타내고 싶을 때는 그림, 시, 음악, 사진 중에 어떤 것을 이용하고 싶나요? 그 이유는 무엇인가요?

사물놀이, 어떻게 만들어지게 되었나?

　사물놀이의 시작은 보통 1978년으로 알려져 있다. 사물놀이는 한국 전통 타악 연주 단체에서 스스로 붙인 이름이다. 사물놀이의 유래는 놀이 떠돌이 집단인 남사당에서부터 시작되었다.

　이들은 일제 치하와 6·25를 겪으면서 볼거리가 없었던 사람들에게 인기를 독차지했으나, 1970년대부터는 현대화에 밀려 그들이 설 자리조차 없어지기 시작했다. 그래서 그들(김덕수, 이광수 중심)은 살아남기 위해 새로운 놀이를 만들고자 사물놀이라는 이름을 붙이게 되었다. 그 때가 1978년 2월이었다. 사물놀이는 '우리 풍물 중에 가장 대표적인 꽹과리, 북, 장구, 징, 이 네 가지 악기를 가지고 노는 놀이를 하는 두들소리패'를 뜻한다.

　옛날부터 사람들은 땅을 일구기 좋은 곳에서 무리를 지어 살면서 가장 지혜로운 자를 우두머리로 뽑아 철따라 씨를 뿌리고 곡식을 거두며 살았다. 발로는 땅을 딛고, 머리로는 하늘을 이고, 그 가운데 조화를 이루며 살았으니 이것이 곧 천·지·인(天·地·人)이다.

　그런데 농사를 지을 때 가장 사람을 힘들게 만드는 것이 바로 하늘이다. 아무리 사람이 땅에 땀과 정성을 쏟아 농사를 지어도 하늘이 도와주지 않으면 전부 물거품이 되고 마는 것이다. 이런 것을 보고 사람은 하늘의 기운과 땅의 기운이 서로 잘 통해야만 그 안에 사는 사람이 풍요롭고 편안해질 수가 있다는 것을 깨달았다. 그래서 사람들은 그들이 떠받드는 우두머리를 앞세워 좋은 날을 가려 하늘과 땅에 제사를 지내고 축제를 벌였다. 이것을 우리말로 '굿'이라 한다. 이 때 이런 굿판에서 우리 조상님들이 누렸을 음악이 '두들소리'인 것이다. 무엇인가를 두드려서 큰 소리를 내며 무리를 하나로 만들어 뭉치게 하고 감정을 움직이는 것이다.

1990년대 우리나라가 유엔 가입 기념으로 유엔 총회에서 연주되어 전 세계인의 주목을 받았던 서양 교향악과 사물놀이('마당', 이건영 작곡), 그리고 브라스 밴드와 사물놀이의 협연에 이르기까지 사물놀이 연주 영역은 더욱 더 넓어지고 있다.

• 두들소리 : 두들겨서 내는 소리.
• 브라스(brass) : 금관 악기.

사물놀이의 대명사 김장구 선생님과의 가상 인터뷰

　　논술 초등학교에 다니는 문지원 양이 사물놀이 공연을 준비하고 계신 인간문화재 김장구 선생님을 만났습니다. 대화에 귀 기울여 보세요.

문지원 :　선생님, 안녕하세요?

김장구 :　네, 반갑습니다.

문지원 :　사물놀이에서 사물이란, 네 가지 악기를 말한다고 들었습니다. 그게 뭐지요?

김장구 :　꽹과리, 장구, 북, 징 이렇게 네 가지를 사물이라고 합니다.

문지원 :　사물놀이는 언제부터 있었나요?

김장구 :　풍물굿이나 농악놀이의 모습은 아주 오래 전부터 있었고요, 사물놀이라는 말은 1978년에 첫 공연과 함께 만들어지게 되었지요.

문지원 :　아, 그렇군요. 그럼 첫 사물놀이 공연이 있은 후로 공연은 지금까지 몇 차례 정도 있었나요? 해외 공연까지 말씀해 주시지요.

김장구 :　국내 공연은 일일이 다 세지 못할 정도로 많아요. 대략 일 년에 백 차례 넘게 열립니다. 해외 공연은 지금까지 오천 회가 넘지요.

문지원 :　아, 굉장히 많네요. 그럼 외국인들이 우리 가락을 이해하나요?

김장구 :　그럼요, 세계 어느 나라에서도 볼 수 없는 독특한 우리 가락은 신명나면서도 울림이 있잖아요. 나라와 인종은 달라도 사람이 느끼는 감정은 똑같거든요. 그리고 이젠 퓨전 음식, 퓨전 음악,

퓨전 미술처럼 동양과 서양이 함께 어우러진 문화를 좋아하지요. 외국 악기, 외국 음악과 어우러진 사물놀이의 모습도 있지요. 음악의 영역이 넓어졌다고 보면 됩니다. 외국 음악과 함께하며 만나게 된 외국의 젊은이들이 사물놀이의 매력에 흠뻑 빠지기도 한답니다.

문지원 : 그럼, 그들이 사물놀이를 배우려면 어떻게 해야 하지요? 꼭 우리나라로 유학을 와야 하나요?

김장구 : 허허허, 이미 외국 대학에서 사물놀이를 전공으로 가르치는 곳이 있답니다. 1984년 영국 더럼대학에서 가르치기 시작한 뒤로 세계 여러 나라의 음악 대학에서 사물놀이를 가르치지요.

문지원 : 놀랍네요. 우수한 우리 문화가 세계로 널리 퍼져간다고 하니 괜히 제 어깨가 으쓱으쓱해지네요. 마지막으로 우리 어린이들한테 해 주고 싶은 말씀 있으시면 한 말씀!

김장구 : 어린이 여러분, 전 6살 때부터 남사당패에 입문해 지금까지 오로지 한길만을 걸어오고 있습니다. 물론 여태까지 힘들고 어려운 일도 많았습니다. 사람들한테 인정받지 못해 힘들었고, 먹고살기 어려워 눈물도 많이 흘렸습니다. 하지만 '내 길은 오직 이 길이다, 우리의 소리를 내가 가꾸겠다'는 의지가 있었기에 지금 이 자리에 설 수 있었습니다. 어린이 여러분도 가장 하고 싶은 일, 이루고 싶은 꿈을 정하고 그 꿈을 위해 열심히 노력하세요. 꿈만 뚜렷하고 성실하다면, 반드시 그 꿈을 이룰 수 있을 겁니다.

문지원 : 네, 선생님 말씀 꼭 기억하겠습니다.

김장구 : 어린이들한테 잊혀가는 우리 문화를 알릴 수 있는 기회가 있다면 언제든지 불러주십시오. 감사합니다.

문지원 : 감사합니다.

인간 문화재(중요 무형 문화재 보유자)란?
역사 · 학술 · 예술적 가치가 큰 예능, 공예 기술, 무술 등 눈에 보이지 않는 재주나 기술을 원래의 모습대로 정확하게 익혀 알고 있다고 나라가 인정한 사람을 말합니다. 문화재보호법에 따라 국가가 문화재위원회의 자문을 거쳐서 지정 · 보완하고 있습니다.

생각해 보기

1. '우리 것은 소중한 것' 이라는 말 뜻에 어울리지 않는 것은 무엇인가요?

　① 옛날부터 전해져 내려오는 것은 소중하다.

　② 우리 민족의 얼이 깃든 물건과 문화는 소중하다.

　③ 옛 물건은 비싸므로 소중하다.

　④ 옛 물건이 사라지지 않도록 보호해야 한다.

2. 사물놀이에서의 사물, 즉 네 가지 악기는 무엇인가요?

3. 우리 전통 음악인 국악과 서양 음악을 어우러지게 하면 어떤 점이 좋을까요?

4. 여러분이 사물 가운데 하나를 연주한다면 어떤 악기를 연주하고 싶나요?
이유와 함께 말해 보세요.

그리스 로마 신화

　신이면서도 사람이 가진 모든 감정을 그대로 지녀 더욱 가깝게 느껴지는 그리스 로마 신화의 신들. 하지만 그들은 다른 신의 영역을 넘보지 않아요. 자신의 영역 안에서만 자유로운 거지요.

　자, 지금부터 그들의 이야기 속으로 한번 들어가 볼까요?

카오스에서 탄생한 신-1

처음 이 세상에는 아무 것도 없고 '카오스'만이 존재했다. 카오스는 질서도 모양도 없는 덩어리로, 모든 물질의 본래 모습과 그 힘인 에너지로 꽉 찬 공간이었다. 이것을 '혼돈'이라고 부르기도 한다. 물질들과 에너지가 떨어지지 않고 모든 것이 서로 뒤엉켜 있는 상태가 바로 카오스이다.

이러한 카오스에서 어둠의 신 '에레보스'와 밤의 여신 '닉스'가 태어났다. 에보레스는 땅속의 칠흙 같은 어둠이란 뜻이고, 닉스는 밤하늘의 맑은 어둠이라는 뜻이다. 그들이 태어났을 때는 온 세상이 어둠뿐이었다. 어둠과 밤인 에레보스와 닉스가 합쳐서 둘 사이에 낮의 신 '헤메라'와 대기의 여신 '아이테르'가 태어났다. 이로써 모든 천체가 운행할 수 있는 우주의 드넓은 어둠과 낮과 밤의 세계가 생겨난 것이다.

　곧이어 밤의 여신 닉스는 검은 날개로 바람을 일으켜 거대한 알을 낳았는데, 이 알에서 모든 물질을 서로 결합하여 생성하게 하는 생산의 신 '에로스'가 태어났다. 이로써 하늘과 땅이 나뉘고, 땅과 물이 나뉘더니 땅에서 생명을 얻은 대지의 여신 '가이아'가 생겨났다. 가이아는 대지에 산맥의 신 '오레'를 만들고, 자신을 두를 수 있을 바다의 신 '폰토스'와 자신을 덮어줄 하늘의 신 '우라노스'를 낳았다. 가이아는 우라노스와 교합하여 아들 여섯과 딸 여섯을 낳았는데, 이들이 바로 거대한 '티탄족 12남매'이다. 그 후 두 차례에 걸쳐 세 쌍둥이 괴물인 외눈박이 거인 '퀴클롭스 3형제'를 낳았고, 백수 거인인 '헤카톤케이레스 3형제'를 낳았다.

생각해 보기!

1 처음 세상에 존재했던 것은 무엇인가요?

① 바다

② 카오스

③ 공기

④ 지구

2 '에보레스'와 '닉스' 이름에는 어떠한 뜻이 담겨 있는지 써 보세요.

3 대지의 여신인 가이아가 낳은 신들을 모두 써 보세요.

두 걸음
카오스에서 탄생한 신 - 2

    한편, 밤의 여신인 닉스는 혼자의 힘으로 많은 자식들을 낳았다. 닉스의 자식으로는 '노쇠'라는 뜻을 가진 게라스, '죽음'이라는 뜻을 가진 타나토스, '잠'이라는 뜻을 가진 휘프로스, '악몽'이라는 뜻을 가진 모르페, '비난'이라는 뜻을 가진 모모스, '고뇌'라는 뜻을 가진 오이튀스, '애욕'이라는 뜻을 가진 필로테스, '불화'라는 뜻을 가진 에리스, '거짓말'이라는 뜻을 가진 아바테, '복수'라는 뜻을 가진 네메시스가 있다. 우리가 살아가면서 죽음, 노쇠, 악몽, 고뇌 등을 두려워하는 것도 이들이 밤의 여신의 자식이기 때문이다. 또한, '운명'이라는 뜻을 지닌 모이라이의 세 명의 여신도 닉스의 딸들이다. 모스라이의 세 명의 여신들은 베를 짜는 여신인 클로토와 모든 것을 나누어 주는 여신인 라케시스, 아무도 거역할 수 없는 여신 아트로포스이다. 닉스의 자식들 중 불화의 여신 에리스에게서 다시 전쟁, 논쟁, 기근, 싸움, 망각, 불법, 거짓말, 남자 살해, 살인, 맹세, 불평, 폐허, 슬픔, 고생이 태어나게 된다.

    이렇게 하여 하늘과 땅이 생겨 자리를 잡고 신들의 시대가 열리게 되었다. 최초에 열린 세계를 지배하였던 신들은 티탄이었고, 신들의 절대자는 아내이자 어머니인 가이아에게 통치권을 물려받은 우라노스였다.

1 거짓말이라는 뜻을 가진 신의 이름은 무엇인가요?

　　① 네메시스

　　② 라케시스

　　③ 닉스

　　④ 아바테

2 우리가 살아가면서 죽음, 노쇠, 악몽, 고뇌, 복수, 거짓말 등이 생긴 까닭은 무엇인가요?

3 만약 여러분이 밤의 여신 닉스라면 자식들에게 어떤 의미를 가진 이름을 지어줄지 생각해 보세요.

세 걸음

프로메테우스와 인간

티탄 신들과 올림포스 신들 사이에 전쟁이 있었는데, 이 전쟁은 올림포스 신들의 승리로 끝나게 되었다. 전쟁 당시 티탄 신이면서 제우스 편에서서 싸운 프로메테우스와 에피메테우스는 전쟁이 끝난 후, 제우스로부터 새로운 생명체들을 만들라는 명령을 받고 지상으로 내려왔다.

프로메테우스는 물과 흙을 빚어 여러 가지 생명체들을 만들어 냈고, 에피메테우스는 그 생명체들에게 각각 적당한 특징들을 넣어 주었다. 어떤 생명체에게는 날카로운 발톱을, 어떤 생명체에게는 날개를 달아 주었다. 또 다른 생명체에게는 단단한 껍질을 주었고, 어떤 생명체에게는 빠른 발을, 또 다른 생명체에게는 물 속을 헤엄칠 수 있는 능력을 주었다.

수많은 생명체들을 창조한 프로메테우스는 마지막으로 남자 인간을 만들게 되었다. 그런데 그 인간에게 영혼을 주고 에피메테우스에게 보낸 후, 문제가 발생했다. 그동안 만들어낸 생명체들에게 지나치게 인심을 써서 많은 것을 주다 보니 모든 생물들을 관리해야 할 인간에게는 줄 게 아무것도 없었던 것이다. 고민하던 에피메테우스는 끝내 프로메테우스에게 도움을 요청했고, 프로메테우스는 인간에게 불을 주자고 제안하였다. 그러나 제우스를 비롯한 올림포스의 신들은 이를 반대했다. 그 이유는 인간이 불을 사용하게 되면 결국에는 신들을 우습게 여기게 될 거라는 것이다. 하지만 인간이란 존재는 너무도 허약하게 만들어졌기 때문에 자신을 보호할

수 있는 힘이 아무 것도 없었다. 그들에게 불을 주지 않고 그대로 세상에
내보낸다면 금방 멸망할 게 뻔하다고 생각한 프로메테우스는 몰래 하늘로
올라와 태양의 마차에서 불을 훔쳐 인간에게 전해 주고 사용하는 법도 가
르쳐 주었다. 그리하여 인간은 다른 동물들과는 달리 불을 두려워하지 않
게 되었다. 인간은 불을 이용해서 추위를 견딜 수 있게 되었고, 여러 가지
연장과 무기를 만들 수 있게 되었다. 불을 쓸 수 있게 되자 인간의 수가 갑
자기 늘어 온 지상에 가득 차게 되었다.

1 제우스가 인간에게 불을 주는 것을 반대한 이유는 무엇이었나요?

　① 인간이 불을 사용하면 신들을 우습게 여길 것이라고 생각되어

　② 인간이 불을 잘못 사용하면 큰 위험에 빠질 수 있기 때문에

　③ 인간은 불을 사용하기에 너무도 약한 존재이기 때문에

　④ 인간이 불을 너무도 무서워했기 때문에

2 만약 여러분이 프로메테우스라면, 인간에게 불을 주는 대신 무엇을 주었을지 생각하여 써 보세요.

3 결국 프로메테우스는 태양의 마차에서 불을 훔쳐 인간에게 전해 주었어요. 프로메테우스의 행동을 비판하는 글을 써 보세요.

생각 넓히기

프로메테우스가 인간에게 불을 주지 않았다면 우리는 지금까지도 원시 생활을 하고 있을까요?

네 걸음

판도라의 상자

프로메테우스의 행동 때문에 화가 난 제우스는 권력의 신 크라토스와 폭력의 신 비아에게 명령을 내려 프로메테우스를 코카서스의 산꼭대기로 끌고 가게 했다. 그리고 헤파이스토스를 시켜 결코 끊어지지 않는 쇠사슬로 그를 묶었다. 그리고는 매일 아침 독수리가 날아와 프로메테우스의 간을 쪼아 먹도록 했다. 프로메테우스의 간은 다음 날이면 다시 생겨났기 때문에 독수리에게 간을 쪼이는 그의 고통은 끝없이 되풀이되었다. 프로메테우스를 벌주는 것으로 화가 풀리지 않은 제우스는 헤파이스토스에게 아름다운 여인을 만들라고 했다.

헤파이스토스는 여신의 모습처럼 아름다운 여인을 만들었고, 여러 신들이 각기 그 여인에게 선물들을 주었다. 미의 여신인 아프로디테는 여인에게 우아함과 아름다움을 선사하였고, 아테나는 바느질과 길쌈하는 법을 가르쳐 주었다. 헤르메스는 여인이 설득력 있는 말을 하도록 해 주었고 마음에는 간교함을 주었다. 아테나는 여인에게 아름다운 옷을 입혀 주고, 카리테스와 페이토가 여인의 목에 금목걸이를 걸어 주었으며, 호라이들이 여인의 머리 위에 꽃 왕관을 씌어 주었다. 제우스는 여인에게 판도라라는 이름을 지어 주었다. 판도라라는 이름에는 '모두에게 선물 받은 사람'이라는 뜻이 담겨 있다. 그런 다음 제우스는 판도라에게 예쁘게 생긴 조그만 상자 하나를 건네주면서 절대로 열어 봐서는 안 된다고 당부했다.

제우스는 판도라의 다짐을 받은 뒤 판도라를 프로메테우스의 동생 에피메테우스에게 데려다 주었다. 일찍이 프로메테우스는 동생에게 제우스가 주는 선물을 받지 말라고 경고를 하였지만, 에피메테우스는 판도라의 아름다움에 정신을 잃고 판도라를 선물로 받았다. 그리하여 판도라와 에피메테우스는 지상에서 살게 되었다.

행복한 나날을 보내던 판도라는 제우스가 주었던 조그만 상자가 생각났다. 그녀는 안에 들어 있는 것이 무엇인지 궁금했다. 호기심을 견디지 못한 그녀는 그 상자를 살짝 열어 보았다. 뚜껑을 여는 순간, 그때까지는 없었던 온갖 재앙과 질병들이 빠져 나와 사방팔방으로 흩어졌다. 깜짝 놀란 판도라는 재빨리 상자 뚜껑을 닫았지만 이미 상자 속에 들어있던 것은 다 날아가 버렸다. 그리고 남은 것은 단 하나, '희망' 뿐이었다.

생각해 보기!

1 '판도라' 라는 이름에는 어떤 의미가 담겨 있나요?

　　① 재앙을 가지고 태어난 사람

　　② 판소리를 잘하는 사람

　　③ 모두에게 선물 받은 사람

　　④ 음악에 소질이 있는 사람

2 만약 여러분이 판도라의 상자를 가지고 있었다면, 그 상자를 열어 보았을지 열어 보지 않았을지 상상해 보세요.

온갖 재앙이 다 빠져 나와 버린 뒤, '희망'을 남겨 두고 다시 상자의 뚜껑을
닫은 판도라는 그 뒤에 어떻게 되었을지 상상해서 써 보세요.

다섯 걸음
월계수가 되어버린 다프네

다프네란 그리스어로 월계수라는 뜻을 가지고 있다. 그녀는 강의 신인 페네이오스의 딸로 아름다운 처녀였다. 그녀는 달의 여신이자, 순결한 처녀의 여신 아르테미스를 숭배했기 때문에 아버지에게 야단을 맞으면서도 그녀에게 청혼하는 모든 구혼자들을 무시하며 영원히 처녀로 남아 있기를 원했다.

태양의 신이며, 궁술의 신이기도 한 아폴론은 인간에게 공포의 대상이었던 퓌톤이라는 큰 뱀을 자신의 화살로 죽인 뒤 매우 의기양양해 있었다. 아폴론은 에로스가 가지고 다니는 사랑의 화살과 자신의 자랑스러운 화살을 비교하면서 에로스를 놀려댔다. 마침내 화가 난 에로스는 두 개의 화살을 만들었다. 하나의 화살은 애정을 일으키는 화살이었고, 다른 하나는 그 애정을 거부하는 화살이었다. 에로스는 애정을 일으키는 화살을 아폴론의 가슴에 쏘았고, 그것을 거부하는 화살을 다프네에게 쏘았다. 그 후부터 아폴론은 다프네를 사랑하기 시작했지만, 다프네는 그의 사랑을 거부했다.

아폴론은 다프네의 사랑을 얻으려고 그녀의 뒤를 쫓았지만 다프네는 그를 피해 잠시도 발을 멈추지 않고 도망갔다. 다프네는 힘껏 달렸지만 아폴론을 따돌릴 수 없었다. 그녀는 점점 힘이 빠져 아폴론에게 잡히기 직전이었다. 다프네는 아버지에게 호소했다.

"아버지, 땅을 열어 저를 숨겨 주세요. 아니면 제 모습을 바꾸어 주세요."

그녀의 아버지는 다프네를 가엾게 여겨 그녀의 모습을 바꾸어 버렸다. 그녀는 그 자리에서 온몸이 굳어지고, 가슴은 부드러운 나무껍질로 싸여졌고, 머리카락은 나뭇잎이 되었고 팔은 가지가 되었다. 그 순간 깜짝 놀란 아폴론은 그 줄기를 만지며 키스를 하려 했지만 그녀는 여전히 아폴론의 손길을 피하며 떨고 있었다.

1 '월계수'라는 뜻을 가진 이름은 무엇인지 고르세요.

① 아프로디테

② 포세이돈

③ 헤라

④ 다프네

2 다프네를 사랑했지만 그녀의 사랑을 받을 수 없었던 아폴론의 마음은 어떠했을까요?

3 만약 여러분이 다프네였다면 에로스의 화살을 맞은 뒤 어떻게 행동했을지 상상하여 써 보세요.

172

유네스코 세계문화유산

12

뿌리 깊은 한국의 문화유산을 찾아서 - 훈민정음

세종대왕과 훈민정음
훈민정음이 만들어지기까지
훈민정음의 원리 - 자음
훈민정음의 원리 - 모음
자랑스러운 한글

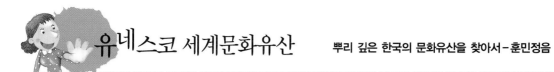

세종대왕과 훈민정음

　　조선의 넷째 임금인 세종대왕은 슬기롭고 지혜로운 임금이었다. 그는 나라를 지키고 백성들이 편안하게 살아갈 수 있도록 많은 일들을 펼쳤다. 세종대왕이 가장 중요시 여겼던 것은 교육이었다. 그는 교육에 특별한 정성을 기울이며 나라의 살림을 돌보았다. 세종대왕은 어릴 때부터 언어를 다루는 학문에 관심이 많았으며, 궁 안에 있는 많은 책들을 공부했다. 그는 임금이 되어 글씨체를 보기 쉽고, 쓰기 쉽게 바꾸는 작업을 신하들에게 지시했다. 이러한 관심과 노력으로 세종대왕은 집현전 학자들과 함께 1443년인 세종 25년 음력 12월에 훈민정음을 만들어 냈다. 이 훈민정음이 바로 우리가 지금 쓰고 있는 한글인 것이다.

1 세종대왕이 가장 중요하게 여겼던 것은 무엇인가요?

　① 문화　　　　　　　　　② 우정

　③ 의리　　　　　　　　　④ 교육

2 세종대왕은 언어를 다루는 학문에 관심이 많았어요. 여러분이 좋아하는 과목은 무엇인지, 그 과목을 공부하는데 어떤 노력을 하고 있는지 써 보세요.

3 만약 외국인에게 세종대왕을 자랑한다면 어떻게 말할지 소개글을 써 보세요.

훈민정음이 만들어지기까지

　세종대왕이 한글을 발표하자, 집현전의 신하인 최만리와 신석조, 김문, 정창손, 하위지, 송처검, 조근 등이 새 글자 만들기를 반대했다.

　첫째, 대대로 중국의 문물을 본받고 섬기며 사는 처지에 한자와는 전혀 다른 소리 글자를 만드는 것은 중국에 부끄러운 일이다.

　둘째, 한자와 다른 글자를 가진 몽고, 서하, 여진, 일본, 티베트 등은 하나 같이 오랑캐들뿐이니, 새로운 글자를 만든다면 우리들도 오랑캐가 된다.

　셋째, 새 글자는 이두보다도 못하여 어려운 한자로 된 중국의 높은 학문과 멀어지게 될 것이고, 우리의 문화수준은 떨어지게 될 것이다.

　넷째, 백성들이 억울한 경우가 생기는 것은 한자를 잘 알고 쓰는 중국에서도 자주 있는 일이며, 한자나 이두가 어려워서가 아니라 관리의 능력에 따른 것이니 새 글자를 만들 이유가 되지 못한다.

　다섯째, 새 글자를 만드는 것은 풍속을 크게 바꾸는 일이기에 백성들과 조상, 중국에 물어보고 훗날에도 고침이 없도록 신중해야 한다. 그런데 왕께서 신중하지 않게 한글을 만들었고, 지나치게 정성을 쏟아 건강을 해치고 있다.

　여섯째, 학문과 수도에 정진해야 할 동궁(문종)이 인격 성장과 무관한 글자 만들기에 힘쓰는 것은 옳지 못하다.

• **동궁** : 왕세자를 이르던 말.

1 세종대왕이 한글을 만들어 발표하자 반대하지 않은 인물은 누구인가요?

 ① 최만리

 ② 하위지

 ③ 신숙주

 ④ 조근

2 자신을 따라야 할 신하들이 한글 창제를 반대하는 것을 본 세종대왕의 마음은 어떠했을까요?

3 신하들이 한글 창제를 반대한 이유에 대해 요약하고 정리해 보세요.

세종대왕은 신하들의 반대에 대해 자세히 대답하지는 않았다. 하지만 옛날 '설총'이란 사람이 백성들을 돕기 위해 '이두'를 만든 것처럼 한글 역시 백성들을 위해 만드는 중요한 나랏일이란 것만은 밝혀 두었다. 그리고 여섯째 의견에 대해서는 한글이 매우 중요하기 때문에 문종이 끼어드는 것은 당연하다고 말했다.

그 뒤로, 세종대왕은 신중하게 한글을 다듬었고 신하들과 함께 한글로 몇 권의 책을 만들어 보았다. 이렇게 실제로 한글을 써 보고 나서, 1446년에 '훈민정음'을 발표한 것이다. 세종대왕은 훈민정음의 첫 부분에 짧은 글을 실어, 중국의 글자에 사로잡히지 않은 곧은 의지와 백성들의 어려움을 없애주려는 어진 마음, 우리의 삶을 편하게 하기 위해 새로운 글자를 만든다는 실용주의 정신을 나타냈다.

"우리말은 중국 말과 달라서, 한자와는 서로 통하지 않으니 이런 까닭에 어리석은 백성들이 말하고 싶은 것이 있어도, 그 뜻을 나타내지 못하는 사람이 많다. 내가 이것을 불쌍하게 여겨 새로 스물여덟 글자를 만들어 내놓는다. 모든 사람들이 쉽게 깨우치고 편하게 쓰길 바란다."

생각해 보기

1 세종대왕이 훈민정음을 발표한 때는 언제인가요?

　　① 1446년

　　② 1945년

　　③ 1440년

　　④ 2007년

2 세종대왕이 생각했던 '실용주의 정신'은 무엇인지 써 보세요.

3 만약 여러분이 세종대왕이라면 백성들을 위해 어떤 일들을 하고 싶은가요?

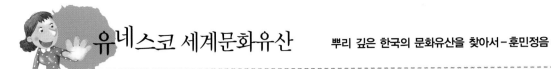

훈민정음의 원리 – 자음

　한글은 처음에 여덟 개의 글자가 있었다. 그것은 자음 글자인 'ㄱ, ㄴ, ㅁ, ㅅ, ㅇ'과 모음 글자인 'ㆍ, ㅡ, ㅣ'이다. 자음은 홀로 소리 마디를 이룰 수 있는 각각의 소리인데, 자음소리는 모음소리와 닿아야 내기가 쉬운 의존적인 소리이다.

　'ㄱ'이라는 글자는 소리를 낼 때 혀의 뒤쪽이 곱사등처럼 굽어 목젖 가까이 붙는 옆 모양을 본 뜬 것이다. 이 글자의 소리와 같은 입 모양으로 나는 소리가 'ㅋ, ㄲ' 글자의 소리들이라, 그 글자 모양도 서로 비슷하게 만들었다. 'ㄱ'에 금이 하나 덧붙은 'ㅋ'은 그 소리가 'ㄱ' 소리에는 없는 'ㅎ' 소리가 함께 나서 아주 거세어지기 때문이다. 'ㄱ'을 겹쳐 'ㄲ'을 만든 것은 'ㄲ' 소리가 'ㄱ' 소리보다 목과 입 전체에 힘을 주어 내는 센소리이기 때문이다.

ㄱ → ㅋ, ㄲ
ㄴ → ㄷ, ㅌ, ㄸ, ㄹ
ㅁ → ㅂ, ㅍ, ㅃ
ㅅ → ㅈ, ㅊ, ㅉ
ㅇ → ㅎ, ㅇㅇ, ㆅ

‘ㄴ’이라는 글자는 소리 낼 때 혀의 앞쪽이 구부러지고 혀끝이 윗잇몸에 붙는 옆 모양을 본 뜬 것이다. 이 글자의 소리와 같은 입 모양으로 나는 소리가 ㄷ, ㅌ, ㄸ, ㄹ 글자의 소리들이라 이 글자 모양도 비슷하게 만들어졌다. ‘ㄴ’은 아주 부드러운 소리이고, ‘ㄷ’은 그보다 굳은 소리이기 때문에 ‘ㄴ’에 금을 하나 더해서 ‘ㄷ’을 만들었다. ‘ㄷ’에서 ‘ㅌ, ㄸ’이 나온 원리는 앞의 ‘ㄱ’에서 ‘ㅋ, ㄲ’이 나온 원리와 같다. ‘ㄹ’ 역시 ‘ㄴ’에서 번져 나온 글자이며, 소리는 혀끝이 ‘ㄴ’과 비슷한 자리에 닿되 혀의 모양이 많이 구부러지는 반혓소리다.

　‘ㅁ’이라는 글자는 이 글자의 소리를 낼 때 아래 위의 두 입술이 붙기 때문에 입 모양을 본 뜨고 네모지게 다듬은 것이다. 이 글자의 소리를 낼 때와 마찬가지로 두 입술을 붙이고 내는 소리가 ‘ㅂ, ㅍ, ㅃ’ 글자의 소리들이기 때문에 이 글자들도 ‘ㅁ’ 글자에서 번져 나간 것이다. ‘ㅁ’은 아주 부드러운 소리이고 ‘ㅂ’은 그보다 굳은 소리이기 때문에 ‘ㅁ’에 두 뿔을 더해서 ‘ㅂ’을 만들었다. ‘ㅂ’ 글자에 아래로 두 발을 붙이고 옆으로 눕힌 것이 ‘ㅍ’ 글자이고, ‘ㅂ’ 글자를 두 개 겹친 것이 ‘ㅃ’ 글자이다. 이처럼 ‘ㅂ’에서 ‘ㅍ, ㅃ’이 나온 원리는 ‘ㄱ’에서 ‘ㅋ, ㄲ’이 나온 원리와 같다. 이 글자들을 모두 입술소리라고 부른다.

　‘ㅅ’이라는 글자는 이 글자의 소리를 낼 때 혀끝과 윗니 사이로 바람을 내게 되기 때문에 이의 모양을 본뜬 것이다. 이 글자의 소리보다 더 되게 나는 소리를 위해서 만든 것이 ‘ㅆ’ 글자이다. 또 이 글자의 소리보다 더 굳게 나는 소리를 위해서 금을 더해 만든 것이 ‘ㅈ’이고, 이 ‘ㅈ’보다 더 되게 나는 소리를 적기 위해서 다시 겹쳐 만든 것이 ‘ㅉ’이다. 이런 소리들을 묶어서 잇소리라고 부른다.

‘ㅇ’이라는 글자는 목청이 울리는 소리를 나타내기 위해서 목구멍의 동그란 단면을 본 뜬 것이다. 마찬가지로 목청에서 나되 그보다 더 굳은 소리를 나타내기 위해서 이 글자에 금을 얹어 ‘ㆆ’을 만들었다. 이 ‘ㆆ’의 소리는 이를테면 “앗! 안 돼!”라고 말할 때 ‘ㅅ’받침으로 적히는 소리와 같은 것이다. 이 소리보다 더 거센 목청소리를 나타내기 위해서 금을 하나 더 그어 ‘ㅎ’을 만들었다. 또 ‘ㅇ’의 소리보다 더 된소리를 적기 위해서 ‘ㅇㅇ’을 만들었고, ‘ㅎ’의 소리보다 더 된소리를 적기 위해서 ‘ㅎㅎ’을 만들었다.

1 'ㅅ, ㅈ, ㅉ'의 소리들을 무엇이라고 부르나요?

　　① 된소리

　　② 잇소리

　　③ 거센소리

　　④ 입술소리

2 'ㄹ'을 반혓소리라고 부르는 이유는 무엇일까요?

3 세종대왕은 발음기관의 모양을 본 따서 자음 글자를 만들었어요. 만약 여러분이 자음 글자를 만든다면 무엇을 본 따서 만들지 생각해 보세요.

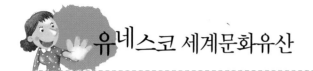

훈민정음의 원리 – 모음

　　모음 글자는 자음 글자와 성격이 다르기 때문에 다른 방식으로 만들어졌다. 점 ' ﹒ '과 직선 둘 '—', ' ㅣ '가 모음 글자의 기본 글자다. ' ﹒ '는 하늘의 둥근 모습을 본 따서 만든 것이고, '—'는 땅을 본 따서 만든 것이고, ' ㅣ '는 사람을 본 따서 만든 것이다. 이 세 글자가 나타내는 소리는 세 가지 종류의 모음 가운데 각각 그 대표적인 성격을 지니고 있기 때문에 모음 글자들의 기본 글자가 된 것이다. 세 종류의 모음이란, 첫째가 밝은 홀소리이고, 둘째가 어두운 홀소리이며, 셋째가 밝지도 어둡지도 않은 가운데 홀소리이다.

　　밝은 홀소리 가운데 가장 대표적인 소리는 점 ' ﹒ '로 나타내는 소리이다. 이와 같은 밝은 홀소리로 'ㅗ'와 'ㅏ'가 있는데, 'ㅗ'는 ' ﹒ '를 '—'의 위에 올려 놓은 것이고, 'ㅏ'는 ' ﹒ '를 ' ㅣ '의 밖에 내놓은 것이다. 나머지 모음들 역시 기본 글자들을 결합하여 만든 것이다.

기본자 : ﹒ — ㅣ

ㅣ + ﹒ = ㅏ　　　　　　　— + ﹒ = ㅜ

﹒ + ㅣ = ㅓ　　　　　　　﹒ + — = ㅗ

184

생각해 보기

1 모음 글자의 종류가 아닌 것을 골라 보세요.

① 입술소리

② 밝은 홀소리

③ 가운데 홀소리

④ 어두운 홀소리

2 모음 글자의 기본 글자들은 각각 무엇을 본따서 만든 것인가요?

3 한글의 모음 글자들을 모두 적어 보세요.

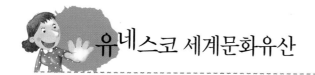

자랑스러운 한글

훈민정음이란 '백성을 가르치는 올바른 소리' 란 뜻이다. 훈민정음은 책의 이름이기도 하고 우리가 쓰는 한글의 본래 이름이기도 하다. 오늘날 전해져 내려오는 훈민정음은 1940년에 안동에서 발견된 유일한 귀중본이다.

세계의 수많은 민족들은 언어를 표기하기 위해 글자를 만들려고 노력하였다. 하지만 한글처럼 일정한 시기에 특정한 사람이 독창적으로 새 글자를 만들고, 한 국가의 글자로 쓰게 한 일은 세계적으로 유례가 없는 일이다. 특히, 훈민정음에는 글자를 만든 원리와 글자 사용에 대한 설명이 나타나 있기 때문에 세계의 언어학자들이 매우 높게 평가하고 있다.

우리나라에서는 훈민정음의 출판일을 기념해서 한글날을 제정하였고, 유네스코에서는 문맹 퇴치에 공헌한 사람들에게 세종대왕상을 주고 있다. 또한 훈민정음은 국보 제70호로 지정되어 있으며, 1997년 10월 유네스코 세계기록유산으로 등록되었다. 훈민정음은 문자 체계 자체로도 독창적이며 과학적이라고 인정 받고 있다.

주목! 주목!

세계기록유산이란?
유네스코가 세계적으로 가치가 있는 세계의 귀중한 기록물 등을 보존하고, 지원하기 위해 선정하는 기록유산을 말합니다. 우리나라의 경우, 1997년에는 '훈민정음'과 '조선왕조실록'이 지정되었고, 2001년에는 '직지심체요절'과 '승정원 일기'가 지정되었지요. 2007년 6월에 '조선왕조의 의궤'와 '고려대장경판 및 제경판'이 지정되어 우리나라는 총 6건의 문화재가 세계기록유산에 올라있답니다.

1 한글날은 언제인가요?

　① 10월 9일　　　　　　　　② 5월 5일

　③ 8월 15일　　　　　　　　④ 10월 3일

2 한글을 쓰며 자랑스러웠던 적이 있나요? 있다면 언제였는지 써 보세요.

3 한글을 세계에 알리기 위해서 우리는 어떠한 노력을 해야 할까요?

장란희 선생님과 함께하는

통합논술 종합 비타민

초등 중학년 **2** 단계

논술도우미

〈통합논술 종합비타민〉은 여러 분야의 주제들을 통합적으로 생각할 수 있도록 구성되어 있습니다. 그러므로 〈논술도우미〉의 예문 및 예시 답안은 최소한의 참고자료로만 활용하시고, 이 외에 나올 수 있는 가능성 있는 여러 가지 답변들도 고려하시길 바랍니다. 또한 생각을 표현하는 과정에서 각각의 주제들을 접하면서 궁금한 사항은 직접 찾아보고 자료를 수집하여, 좀 더 사고를 확장하고 논술할 수 있도록 지도해 주시기 바랍니다.

1. 발상의 전환

11쪽

1 태양 중심의 지동설 그림

2 그렇지는 않다. 생각은 과학적인 근거 보다는 그때 그때의 감정에 따라 좌우되는 경우가 많기 때문이다.

3 코페르니쿠스

4 생략

※ 여러분이 알고 있는 과학자와 업적을 조사해 적어 보세요.

14쪽

생략

2. 동시논술

17쪽

1 ①

2 생략

3

예문 – 친구야, 힘내! 누구에게나 어렵고 힘든 일은 있는데. 네가 쓴 시처럼 속상하고 흐린 날도 있겠지. 하지만 기쁘고 맑은 날도 있을 거야. 그러니 힘들다는 생각보다는 슬픔을 이겨내겠다는 생각을 해 봐. 언젠간 활짝 개인 날씨처럼 맑게 웃을 수 있을 거야.

19쪽

1 ①

2 생략

3 생략

21쪽

1 ④

2 다른 친구들보다 뛰어나거나 예쁘지는

않다. 하지만 엄마를 사랑하는 마음만은 아주 크다.

3 생략

24쪽

1 ④

2 백로와 까마귀

3 겉으로 보여지는 행동과 속마음이 다르다는 말이다. 겉과 속이 다르면 진정한 친구도 사귈 수 없게 되고, 나중에는 누구에게도 인정받지 못하게 된다. 처음과 끝이 다르지 않으며 겉과 속이 똑같은 것이 좋다.

25쪽

생략

3. 스토리논술

29쪽

1 ④

2 생략

3 ①손톱, 주먹, 하늘
   ②한 사람, 열 사람, 모든 군사
   ③우물, 강물, 바다

31쪽

1 내다보았습니다 → 들여다보았습니다.

2 ④ 시나브로 : '모르는 사이에 조금씩 조금씩' 이라는 뜻을 가진 순우리말.

3 문한이가 걱정이 되며 실망스럽다.

33쪽

1 ②

2

예문 – 옳지 못하다. 남의 물건을 함부로 훔치는 것은 자신한테 큰 죄가 될 뿐만 아

니라 피해를 당한 사람의 마음을 크게 아
프게 하기 때문이다.

3 생략

35쪽
생략

39쪽

1 ④

2 브로치를 가져갔다는 것

3 무조건 친구를 의심하기보다는 내가 물건
을 어디다 두었는지 먼저 기억을 더듬어
본다.

4 ④

5 사실을 말하기보다는 미리 생각해 둔 것
을 말하고 있다.

41쪽

1 ①

2 세상에 이럴 수가. 대체 어떻게 된 거야?

3 생략

43쪽

1 생략

2

예문 – ㉡에 들어갈 말 : 품팔이를 하는 장
사를 하든 도둑질을 하든 뭔가 해야 하지
않나요?
내가 허생의 아내라면 : 십 년 공부를 하겠
다는 당신의 마음은 이해하겠지만 가장 중
요한 것은 식구들이 먹고사는 문제입니다.
그러니 가장 중요한 것부터 해결하자구요.

45쪽

1 ②

2 ②

3 과일, 칼, 호미, 무명, 명주, 솜, 말총

47쪽
생략

49쪽

1 ③

2 실제 우리 생활에 가장 필요한 것은 능력
없는 양반의 글공부가 아니라 올바른 경
제 활동이다.

3 생략

52쪽

1 ③

2

예문 1 – 네, 나도 허생의 아내처럼 생각합
니다. 사람이 생활하는데 가장 필요한 것은
의식주의 해결이고 공부는 그 다음입니다.
예문 2 – 아니오, 난 그렇지 않다고 봅니
다. 먹고사는 문제보다는 공부를 하며 지
식을 쌓는 것이 더 중요하다고 봅니다.

3 상부상조

55쪽
생략

4. 한문논술

62쪽

1 우리 민족의 의지, 기상

2 생략

3 생략

63쪽
생략

65쪽

1 생략

2 세수를 안 해도 예쁠 정도로, 매우 예쁘고 곱다는 의미로 표현

66쪽

			②生		
①作	心	③三	日		
		角			⑥見
	④人	形		⑤膳	物
	生				生
		⑦一	片	丹	心

68쪽

1

예문 – 내 동생은 따라쟁이다. 뭐든 내가 하는 대로 따라한다. 내가 밥을 먹으면 나를 따라 밥을 먹고, 내가 인형을 갖고 놀 때면 자기도 그 인형을 갖고 놀겠다며 인형을 빼앗아 간다. 며칠 전에는 생일 선물로 받은 인형을 가지고 티격태격하다가 동생이 인형을 벽에 던져 팔을 빠지게 했다. 그러니 내가 화가 날 수밖에….
엄마는 날더러 동생한테 잘 해 주라고 하시지만 정말 힘들다. 아무리 마음을 굳게 먹어도 작심삼일처럼 금세 포기하게 된다. 나도 동생한테 일편단심, 굳은 마음으로 오누이 사랑을 남들한테 보여주고 싶다.

2

예문 – 나는 일기 쓰기를 아주 싫어한다. 하지만 일기 쓰기가 중요하다는 것은 알고 있다. 방학을 하거나 새 학년에 올라가면 나는 보란듯이 새 일기장을 준비한다. 하지만 작심삼일이라고, 그 결심은 사흘을 가지 못한다. 일기를 써서 나도 일기상을 받고 싶지만 잘 안 된다. 어떻게 하면 끈기를 기를 수 있을까?

5. 찬반양론

73쪽

1 ④

2 생략

3 생략

76쪽

1 ④

2

진형이 의견	도은이 의견
흉악스럽고 잔인한 범죄를 막으려면 꼭 사형제도는 있어야 해.	사람이 사람을 벌주는 데는 실수가 생길 수 있어.

3 생략

6. 생활철학

80쪽

1 생략

2 주석이의 말이 맞습니다. 은채의 얼굴을 본인 허락 없이 함부로 공개하는 경우,

또한 허락 없이 촬영한 것만으로도 초상권 침해입니다. 그러나 이것만으로 경찰에 신고할 수는 없고, 만약 승리가 은채에 대해 거짓말이나 안 좋은 글을 썼다면 모욕죄나 명예훼손 등으로 처벌할 수는 있습니다.

83쪽

1 ①

2 승준이의 말이 맞습니다. 나애리의 집에는 사람이 다칠 수 있는 위험한 연못이 있습니다. 그런데 안전장치를 해놓지 않았습니다. 하니가 몰래 나애리의 집에 들어갔다고 해도 사고의 책임은 나애리가 져야 합니다.

7. 경제논술

89쪽

1 ①

2 • 수입을 통해 외국과 좋은 관계를 맺어 문화교류를 한다.
  • 우리의 고칠 부분을 생각해 본다.

3 • 값싸고 질 좋은 상품을 만든다.
  • 한국의 이미지를 좋게 한다.

91쪽

1 ③

2 생략

3

예문 –

※ 양석이가 되어 말해 보세요(저축의 필요성과 중요성에 대해 말합니다).
저축을 해야 돈을 모을 수 있다. 저축은 자신의 장래에 대한 대비이다. 저축은 어려운 일이 생기거나 큰돈이 필요할 때 당황하지 않고 일을 해결할 수 있게 한다.

※ 예슬이가 되어 말해 보세요(소비의 중요성에 대해 말합니다).
소비는 경제활동에서 매우 중요하다. 소비하지 않으면 만든 물건이 팔리지 않고 생산되지 않기 때문이다. 건전하고 자신의 능력에 맞는 소비는 경제를 발전시킨다.

93쪽

1 아르헨티나는 물가변화가 심하기 때문에 돈의 가치가 매우 낮았다. 그래서 부동산과 금을 가지려는 사람들이 많다.

2 그 정도로 물가가 비싸다.

3 ※ 경제 위기 극복에 관련된 부분을 생각해 보세요.
  • 국가가 한 일 – 외국인 투자 끌어들이기, 숨겨진 자원과 국토 활용
  • 국민이 한 일 – 씀씀이 줄이기, 부지런히 일하기

96쪽

1 ③

2 생략

8. 수리 · 과학논술

99쪽

1 ③

2 각각 3번씩 6번
  설명 : 가위 – 바위, 바위 – 가위, 보 – 가위, 가위 – 보, 보 – 바위, 바위 – 보

3 세 번씩 지고 세 번씩 이겨야 한다.

101쪽

1 21층

설명 : 3층 + 6층 + 5층 + 7층 = 21층

2 5층

설명 : 정팔이가 오르락내리락 했던 층을 따라가 보면, 오정이네 집 5층에서 멈춘 것을 알 수 있다(10층 + 3층 = 13층 → 13층 − 6층 = 7층 → 7층 + 5층 = 12층 → 12층 − 7층 = 5층).

105쪽

1 물체의 무게로 물을 밀어내기 때문에

2 부레옥잠, 종이배, 물과 기름 등

107쪽

1 사과

2 소금물은 물보다 부력이 커져서 물체가 더 잘 뜨기 때문에 소금을 넣습니다.

9. 인물

111쪽

1 ③

2 생략

113쪽

1 ②

2 동양에 관심을 갖고 있었고 여러 나라와 교역하고, 일본, 인도의 보물을 찾기 위해

3 생략

115쪽

1 ④

2 계급사회는 신분제도를 가지고 있기 때문에 부모의 신분에 따라 자녀의 신분이 결정된다는 문제점이 있다.

3 위의 권리, 명예, 칭호는 자손 대대로 이어간다.

117쪽

1 ①

2 생략

3 참고 이겨내며 꿈을 잃지 말아야 한다.

119쪽

1 ②

2 세계의 신대륙을 향한 열정

3 생략

10. 사회와 역사

123쪽

1 ③

2 ※둘 다 일리 있는 의견이지만 현대 사회에서는 저출산 문제가 시급한 상황이므로 민수의 의견을 지지할 필요가 있습니다.

125쪽

1 ②

2 '빈 둥지 증후군' 이란 자녀들이 취직을 하거나 결혼을 해 부모의 곁을 떠났을 때 부모들이 우울증을 느끼는 현상을 말한다. 어미 새가 어린 새들을 떠나보내고 둥지에 홀로 남은 것처럼 자식들이 떠난 후 쓸쓸한 부모님들의 마음을 나타내려고 빈 둥지 증후군이라고 표현했다.

3 인사 잘 하기, 안마 해 드리기, 말동무 해 드리기 등

128쪽

1 ③

2 버스를 타는 대신 자가용을 가진 흑인들과 함께 차를 타거나, 흑인이 운전하는

택시를 타고 출근했다. 그리고 대부분의
사람들이 걸어서 일터에 나갔다.

3
예문 – 로자 파크스 여사의 용기 있는 행동
이 흑인들의 인권을 찾아주었고, 차별적인
법까지 바꾸어 냈다. 한 사람의 용기 있는
행동이 얼마나 큰일을 해낼 수 있는지 알
게 되었다.

129쪽
생략

131쪽

1 ④

2 살색은 말 그대로 피부색을 의미한다. 그
러나 피부색은 인종마다 다르기 때문에
특정한 색을 살색으로 부르는 것은 옳지
않다. 그래서 옅은 주황색을 살구색으로
바꾼 것이다.

3 사람을 피부색이나 인종에 따라 평가하
는 게 아니라, 그 사람의 인격을 기준으
로 평가해야 한다는 의미이다.

136~137쪽

1 ①

2
예문 – 서로 가진 생각이 다르다고 싸운다
면 사회는 혼란스러워질 것이고, 늘 싸움이
그치지 않을 것이다. 자신과 다른 생각을
가진 사람의 의견도 존중해 주어야 한다.

3 ①

4 남한 어린이들은 학용품을 함부로 다루
는 경우가 많은데, 북한 어린이들은 학용
품 관리를 잘하고 아껴 쓴다. 남한 어린
이들은 풍족한 생활을 감사히 여기고 학

용품을 아껴 써야 한다.

5 생략

139쪽

1 ④

2
예문 –
· 사람들의 모피 착용을 반대한다. 이유는
모피옷을 만들기 위해 희생되는 동물들
이 많기 때문이다.
· 사람들의 모피 착용을 찬성한다. 이유는
모피옷은 멋지고 따뜻한 의복이기 때문
이다.

3 생략

141쪽

1 ③

2 ① 애완견 등록제 의무화
② 외출할 때는 목줄 착용
③ 애정으로 끝까지 돌봐야 한다 등

3 생략

144쪽

1 ④

2 ① 빌 게이츠, ② 교복, ③ 지체장애인들
에게 기부

3 생략

4 제일 중요한 것은 기부하는 사람의 마음
이다. 기부금의 양보다 기부하는 사람
의 진심 어린 마음과 행복한 나눔이라는
생각이 기부의 과정에서 우선시 되어야
한다.

11. 문화논술

149쪽

1 ③

2 꾸밈없이 솔직하게 그리려고 노력한다.
(진실하게 관찰하고 성실하게 그리려고
노력한다.)

3

> 예문 – 윤두서의 자화상 (국보 제240호)
> 윤두서(1668~1715)는 고산 윤선도의 증손
> 자이자 정약용의 외증조로 조선 후기 문인
> 이며 화가이다. 종이에 옅게 채색하여 그
> 린 이 그림은 화폭 전체에 얼굴만 그려지
> 고 몸은 생략된 형태로 시선은 정면을 바
> 라보고 있다. 윗부분을 생략한 탕건을 쓰
> 고 눈은 마치 자신과 대결하듯 앞면을 보
> 고 있으며 두툼한 입술에 수염은 터럭 한
> 올 한 올까지 섬세하게 표현했다. 화폭의
> 윗부분에 얼굴이 배치되었는데 아래로 길
> 게 늘어져 있는 수염이 얼굴을 위로 떠받
> 치는 듯하다.

4 생략

155쪽

1 ③

2 꽹과리, 북, 장구, 징

3 동서양을 넘나들어 음악의 특징을 살릴
수 있는 새로운 음악이 고안될 수 있고,
이해의 폭이 넓어져서 음악의 영역을 넓
힐 수 있다.

4 생략

159쪽

1 ②

2 에보레스는 땅속의 칠흑 같은 어둠이란
뜻이고, 닉스는 밤하늘의 맑은 어둠이라
는 뜻이다.

3 오레, 폰토스, 우라노스, 티탄족 12남매,
퀴클롭스 3형제, 헤카톤케이레스 3형제.

161쪽

1 ④

2 밤의 여신 닉스가 죽음, 노쇠, 악몽, 고뇌
등을 낳았기 때문에

3 생략

164쪽

1 ①

2 생략

3

> 예문 – 남의 물건을 훔치는 것은 옳지 못하
> 다. 인간에게 불을 전해주고 싶었다면, 제
> 우스와 대화를 통해서 떳떳하게 얻어 낸
> 다음 전해주었어야 한다.

165쪽
생략

168쪽

1 ③

2 생략

169쪽
생략

172쪽

1 ④

2 사랑받지 못했기 때문에 매우 속상하고
슬펐을 것이다.

3 생략

12. 유네스코 세계문화유산

175쪽

1 ④

2 생략

3 생략

177쪽

1 ③

2 신하들에 대한 믿음이 사라져서 마음이 아프고 허전했을 것이다.

3

예문 –
1. 중국의 한자를 쓰다가 새로운 글자를 만드는 것은 부끄러운 일이다.
2. 새로운 글자를 만들어 쓰면 오랑캐가 되는 일이다.
3. 새 글자는 우리의 문화수준을 떨어지게 할 것이다.
4. 백성들이 억울한 경우가 생기는 것은 새 글자를 만들 이유가 되지 못한다.
5. 새 글자를 만들려면 심사숙고해야 한다.
6. 동궁인 문종이 인격 성장과 무관한 글자 만들기에 힘을 쓰는 것은 옳지 못하다.

179쪽

1 ①

2 실생활에서 이롭게 사용할 수 있는 것

3 생략

183쪽

1 ②

2 ㄴ과 비슷한 자리에 닿지만 혀 모양이 많이 구부러지기 때문에

3 생략

185쪽

1 ①

2 하늘, 땅, 사람

3 ㅏ, ㅑ, ㅓ, ㅕ, ㅗ, ㅛ, ㅜ, ㅠ, ㅡ, ㅣ

187쪽

1 ①

2 생략

3

예문 – 한글의 우수성을 널리 알린다. 우리가 나서서 한글을 아끼고 사랑해야 한다. 바르고 고운 말을 쓴다. 우리말이 외국어와 외래어에 오염되지 않도록 보호해야 한다. 올바른 어법에 맞게 쓰고, 국어(한글) 공부를 열심히 한다.